U0944246

我亦是行人

周芳 著

長江出版傳媒 | 长江文艺出版社

图书在版编目（CIP）数据

我亦是行人 / 周芳著. -- 武汉 ：长江文艺出版社, 2023.5
ISBN 978-7-5702-2955-0

Ⅰ. ①我… Ⅱ. ①周… Ⅲ. ①散文集－中国－当代 Ⅳ. ①I267

中国版本图书馆 CIP 数据核字(2022)第 226333 号

我亦是行人
WO YISHI XINGREN

责任编辑：胡金媛　　责任校对：毛季慧
封面设计：璞茜设计　　责任印制：邱　莉　王光兴

出版：长江出版传媒 | 长江文艺出版社
地址：武汉市雄楚大街 268 号　　邮编：430070
发行：长江文艺出版社
http://www.cjlap.com
印刷：武汉中科兴业印务有限公司

开本：880 毫米×1230 毫米　1/32　印张：7.625　插页：1 页
版次：2023 年 5 月第 1 版　　2023 年 5 月第 1 次印刷
字数：145 千字

定价：42.00 元

临江仙·送钱穆父

苏　轼

一别都门三改火，天涯踏尽红尘。依然一笑作春温。无波真古井，有节是秋筠。

惆怅孤帆连夜发，送行淡月微云。尊前不用翠眉颦。人生如逆旅，我亦是行人。

写作缘起：为人一世，不该如此

2017丁酉年，大年初一下午三点多钟，我在随身带回的文稿纸上，写了四五百字，《关于上坟这件事》的开头。此前，我已经去墓前认过亲人，给睡在自家菜地里的太爷爷太奶奶上过坟了，烧了几十亿的纸钱，也给诸多亲朋好友致过新年好，发了红包，抢了红包。反正嘛，新年伊始，一路的红包，一路的恭喜发财。

只不过话说回来，就算我抢一万个红包，也并不影响我考虑我的归途，是不是？确切地说，是关于我死后，我唯一的孩子如何处理我。是埋公墓，或是撒江海，或是骨灰拌泥土种一棵树一盆草。就这个归宿问题，我们娘俩推敲过不只一次。最后的方案，出乎我的意料：将周芳的骨灰提炼成一颗钻石，0.25克拉或是一克拉。至于为什么非如此不能安顿我，我会在《从骨灰到钻石》里细细道来。

我在日记本上接着写下去，写死亡，写坟头上的草。窗户外面，我的几个小侄子穿着新衣，放鞭炮。噼里啪啦地响。他们还在放烟花，绚烂的火花空中飞溅。永恒的盛世太平。我不管，我只是写。

在医院重症监护室做义工的那些日子，我和死亡见面比较多，和死亡便也亲近了。一块硬币，你能说它只有正面，没有反面？世间万物正反相立，阴阳相生，多的去了。只是奇怪，我们活着，却是不大谈论死亡。纵使死亡有一万扇谢幕的门，我们也飞驰而去，绝不肯在门前稍加逗留。

死亡，只有在人生的某些层面某些时段才能表述。比如说，一个人十万火急被送进重症监护室，身上插满各种各样的管子；比如说一个人睡进泥土最深处了，春风将墓边杂草第二十三次吹绿；再比如说烈火烹油时，突然寒意刺骨，心口被谁挖空一个大洞，凉飕飕地，往里面直灌风。挖大洞的肯定是一去不回头的人。

这些层面还是过于短暂，也过于仓促，如我，每年给太爷爷太奶奶上坟，时长不会超过我喝三杯酒的时间。插三炷香，烧一百亿纸钱，鞠躬作三个揖，燃放一万响的鞭炮，完事。坟前某些情绪也不容我维持过久，我要挤公交，要赶论文，要赴酒局。又忙，又烦，又热烘烘。现实生活，一抓一大把的话题，我的心分割不出一寸半寸，与死亡，与死亡的前生：奋斗过的，痴恋过的，惆怅过的，放手过的，痛哭过的，等等等等，独处一室。

然而——

没有人的一生只是为了墓前短暂又短暂的凭吊。没有一个母亲精血怀胎十月，只是为了人们说起她的孩子，哦，那个人，死了。

为人一世，不该如此。

回去吧，回到每个死亡的背后，把经由了母亲怀胎十月的人，端端庄庄安放在阳光下，看到他活过的一往情深，掏心掏肺，还有一些无语凝噎，彻夜徘徊。

后湖东路十八号，“色色王”老爹爹死在了麻将场上。随后，要很快地被拉去殡仪馆，被送去火葬场，烟雾在灰蒙蒙的上空短暂地盘旋，散了。如同他短促的尾声。暮年，总是这样仓促，不忍卒看。我写下的，尤非离牌桌散场，离生命散场的半小时。半小时不足以长篇大论，它戛然而止。就像它冲到悬崖边，转眼就不见了——我甚至没有听见溅水声。而“麻将场”不过是人们提起这桩死亡时的笑谈，嗨，稀奇不？一个人死在麻将场上了。让笑谈的人去继续笑谈，我们且去寻老爹爹的一生。那些重重叠叠的往事，不是一个麻将场装得下的。

一个中年男人绰号名“汪公公”，因为他蔫，因为他怂，他被阉割过一般。大伙说，他那个漂亮老婆不晓得给他戴了多少顶绿颜色的帽子。有一天，他落水死了。意外失足？成心自尽？死亡，封了他的口，不给出答案。唯有此刻的你，愿意为他安下心来，陪他在不眠的夜里，听他絮语。你要知道，有很多人正热火朝天地替他算账，计算他的遗孀能获得多少抚恤金。你没有如那般，谢谢你。

再说一个人，一名小学老师。某年冬天，天空正在飘雪的时候，小学老师改完试卷回家去，一辆迎面而来的货车撞上了他。他一声不吭就死了，以左拐弯的姿势凝固在公路上。钢笔被甩到一边，二十几滴红墨水鲜亮亮地洒在白雪上。他的死又木讷又执拗，像他活着的时候一样。一个人活在世上，可以这么孤独，又可以这么骄傲。

这本小集子，我说的无非是疾病，衰老，死。有些是我的病，我的老，我必然要到来的死。可归究到底，所有的，都是我的。在“色色王”在“汪公公”里，我看到无数个我。他们活过的岁月，都是我活过的，或是必将活过的。

写完《从骨灰到钻石》，正值立春。窗户斜开着，清冷的空气新鲜甘甜。灰喜鹊们在窗外叫得起劲，它们叽叽喳喳，没有哪个人管得住它们的喉咙。叫桃花起床，叫李花去相亲。春风春雨也日一阵夜一阵地倒腾。山川大地情欲饱满，珠胎暗结。虽然夜里寒意依旧猖獗，偶尔的有雪和冰造访，但到底，春天总会坐稳它的江山。一枝杏花粉，一树梨花白，一畦桃花艳，红尘遍布。

春天的青天白日里，继续写九个人活着的故事。你别看那些李花桃花一个个娇艳得不行，保不准，李花根下桃花根下，安放着我多少世先祖的骨灰。

目　录

舅舅名叫李中焕

1

中秋节假第二天，10 月 5 号，一屋子的人眉头皱起一个个大山包。着急呀。

他怎么还不死?

他到底要怎么样才能死?

有没有一条捷径，让他快点死?

眉头上的大山包皱起一大堆。最终，大表哥、二表哥决定三套方案备选。

第一套，把憨陀小崽子关起来，让他闭紧嘴巴，不得大呼小叫。

憨陀是大表哥的孙子，也就是他的曾孙，憨陀叫他老老爹。

昨天，躺在草席上的老老爹，原本一身死寂，烟熄火熄。突然，他一阵猛烈地抽搐，大叫两声“妈，妈”，头一歪，昏死过去。守在他身边的大表哥眉头一松，一块大石头落了地，大家心底的石头也都落了。可以确定，他的气息只有那么一丝丝，很细很细了，悬在半空中，死神举起他的大镰刀，稍微那么用力一钩，就大功告成。大伙屏住呼吸，等着。房间里空空如也，一声气息都没有，大伙把自己心脏都按住了，不准它跳。谁知，就在这最后时刻，憨陀不晓得从哪里跑过来，一下子扑倒在老老爹身上，放声大叫：“老老爹，老老爹!”憨陀一声赶着一声地叫，被鬼魂一样催促着。

憨陀不知道被他呼叫着的这个人才是被鬼魂追着的人。我们怂恿鬼魂快点来捉拿他，憨陀小崽子却不让他走。他天天等着老老爹从床上爬起来，领着他从村头逛到村尾，看两只小狗咬着尾巴转圈圈，看大母鸡噗的一下飞到饭桌上。老老爹不听话，他不仅不爬起来，还从床上落到了地上。

地上铺了一层暗黄色稻草，稻草上铺了层薄被子，老老爹躺在上面，像一片落叶。他看都不看憨陀一眼，他完全忘了他的心肝宝贝憨陀儿。这怎么可以呢，憨陀坚决不答应，扑在落叶身上，一声声地叫。那落叶般的人缓缓地睁开了他的眼睛。大表哥一把扯起憨陀，大吼，你莫给老子号丧，滚旁边去。大表哥又气又急，被憨陀这小子一叫，大伙期待的胜利落了空。

撵开憨陀后，表哥们分析归纳，得出结论：小孩子，无知无畏，他鬼哭狼嚎，惊吓了死神。死神吓跑了，老老爹只得活回来。

憨陀，你再不要大声喊老老爹，让老爹爹快点死，听到吗？老舅母颤巍巍挪过来，揪憨陀的耳朵。憨陀一扭身，跑掉了。舅母跟在后面叫，憨陀，你听到没有，让老爹爹快点死。

老老爹死了，你想不想他呀？憨陀。村里人问。憨陀头一扬，大声说，我老老爹今天死了，明天再回来。

第二套，不让人靠近他，特别是壮汉们。这个方案历经了两次“凶险”后才总结出来。

所谓“凶险”，就是第一种方案中提及的，气息微弱，只剩下最后一丝丝线。眼看线就要断了，周围却站满了人，喂的喂温水，扯的扯被子，呼叫的呼叫。天地间，人喧马嘶的。那一丝丝线又悠了回来。

从他一个月前不能进食，准备死了，村里的父老乡亲，就陆陆续续来看望他。建筑老板二表哥买了一箱黄鹤楼香烟。来一个人看望他，二表哥就送一包香烟。上午来看了的，一包烟。下午再来看，再一包烟。二表哥有钱，有钱就要用在刀刃上。村里人来看望他的父亲，这表明他们家在村里有地位，他父亲是个不可忽视的人。来的人越多，他们家的地位就越高。做儿子的脸上也有光，也荣耀。

二表哥结识大大小小的人物。十年间，从开一辆富康到开宝马 X6，二表哥的生意越做越大，每次回村的动静弄得有声有色。男的，不论辈分如何，见人一包烟。女的，不论长幼美丑，见人一小拎袋，袋里装些小吃食小玩意。除了这些小恩小惠，二表哥也能大开大合。村里建刘氏祠堂，办幼儿园，修路，修族谱，举凡村中大事，一切需要成功人士掏腰包的事，二表哥掏出来的钱数，人人见了，都会点头。庆典仪式上，二表哥主席台上就座，披红戴彩，高举捐款牌匾。他父亲刘中焕虽然不坐主席台，自找一个偏角处悄悄地坐了，但大伙说的话一字不漏全听进了耳朵。老辈人在啧啧地叹"中焕家的老二，还是个人物"。坐在偏角处的父亲抽着烟，心里舒坦得很。刘中焕老父亲一辈子跑过兵荒马乱，遇过旱灾水灾，苦了大半辈子，没有在人面前荣光过。如今，借后人的能耐，人前人后有面子，这算得上是二表哥的一个奋斗动力。这次，父亲要走了，二表哥场面还得撑大一点，再大一点，越大越好。

一整箱烟送完了大半箱，父亲的一口气还悠着。大表哥觉得不对劲，一定是哪里出了问题。细细一想，问题就出在伸手接香烟的父老乡亲身上。阎王爷原本打发黑白两无常准备捉走他，他身边却站满一圈活生生的壮汉，人气足，阳气旺，压倒了阎王爷的阴气。他怎么走得了？

再有壮汉来看他离死掉还有多远，大表哥赶紧迎出去，把人堵在门口，将一包"黄鹤楼"塞到人家口袋里。壮汉还要上前来看一个究竟。舅母哀告：侄，侄，让你大伯走哦，活着遭罪，遭罪。

第三套方案，把他的去路打点打点，疏通疏通。

此方案是村里的阴阳师提出的。阴阳师平日在村里话不多，是个沉默寡言的老人。他的话专门说给另一个世界里的人听。但凡遇到生死大事，村里人就来请他。这次，大表哥带上一整条黄鹤楼香烟，恭恭敬敬上门。阴阳师接过烟，随手放进柜子里，也不多言语，径直往一条小路上走去。大表哥赶紧跟上。

小路尽头一大片菜地，白菜，萝卜，大蒜，辣椒。红的红，绿的绿，青的青。一棵棵活得威风凛凛，生气逼人。菜地一旁，就是墓地，专门埋葬刘家村死人。这一处又分成大大小小若干个区域。刘志平家的，刘草狗家的，刘千喜家的。一家一家，如生前一样，遵照辈分一顺排列。那块一亩三分地的豌豆田旁边，归属大表兄家。前几天，阴阳师为他预选的墓穴处在整个区域最高位，是块风水宝地。阴阳师围着墓穴转了转，断定选中的穴位确实没错。那些先走的人，旺茂爹，翠花婶，得财叔，一并排在这墓穴下面，形成众星拱月之势。正在艰难死去的他，在村里辈分最高。

阴阳师折回小路，从路尾走到路头，又从路头走到路尾，只是走，不说话，脸上风云不动。大表哥身随其后，不敢出一口大气。走了三个来回，阴阳师开口：“这条路不平。”

不平？我们用锹铲一铲。

有人挡道。

有人挡道？

大表哥愣了愣，马上反应过来。生前与父亲有纠葛有矛盾的，死后怨气还缠在心里，麻绳一样乱。现在，挡在父亲的去路上，拖着，扯着，存心不让他痛痛快快地死。

谁呀？大表哥压低声音，隔壁村的，还是本村的？

莫管是谁，把路铺平就是了。阴阳师不动声色，低声吩咐大表哥如何如何行事。不点明挡路者名姓，这是阴阳师的职业操守。点明了，活着的两家人多多少少又添纠葛，何必呢。打点打点，疏通疏通，保准没错。

大表哥买了五十支香烛，三千亿冥币，沿小路两侧烧过去。一路烧，一路作揖祷告：各位大爹大婆，大伯大婶，大哥大姐，行行好，让我父走利索一点。我父平日有做得不周全之处，还望各位大人大量，高抬贵手。阴阳师一袭白袍，手举黄幡前面开道，嘴里念念有词，村里人听不懂一个字，又听懂了所有的字。

2

他是我大舅，八十三岁，胃癌，晚期。

一个多月前，二表哥把一摞钱搁在医生面前，你们说，得花多少钱？医生望了一眼那一大摞钱，说，你们回去吧，回去。二表哥坚持，医生，我有钱。二表哥把手压在钱上，身子也向下倾，手上的力道很大，他全部赌注都在这一大摞钱上。医生摇头，说，回去吧。

大舅被接回家，继续疼。我们眼睁睁地看着大舅疼。他整个人蜷成一团，乌黑的筋暴起，整个肉体仿佛刺绣背面的纠结线团。持续几秒钟，轰的一下，全身摊开，手脚抽动，牙关咬紧。

大舅已无法进食，每日靠打止痛针，服止痛药，喝几勺子可乐维持着。人瘦得只剩下了骨头，连体温表都没办法夹住。他只是疼。牙齿格格地响。舅母把床单塞进他嘴里，他咬出星星点点的一个个破洞。

即便这样，大舅也不给大表哥二表哥添乱，不做出任何有损子女声誉的事。大舅老老实实地等着死。村子东头六十三岁的刘家旺，前年患了肺癌，疼得满村子找人打麻将，来忘掉身上的疼痛，可是没有人愿意跟他打牌，没人愿意去赢一个注定要死去了人的钱。疼到最后，刘家旺给在广东打工的儿子打电话，交代儿子不要记挂他，他好得很，要儿子安安心心做工，多赚点钱，抓紧时间把楼房做起来，最好是赶在过年前立起一栋新楼房，这样腊月三十除夕夜，他家也能放十万响的鞭炮。"爆竹一声除旧，桃符万户更新。"整个刘家村，除了刘家旺和另外两家仍是七柱三间的老旧屋，家家做起新楼房，像城里一样的大玻璃窗，地板砖，大阳台。这让刘家旺很丢脸，现在他赚不了一分钱，还要拖累儿女，活一天糟蹋一天的钱。

那天刘家旺穿戴一新，上衣一件“七皮狼”牌子的棕色夹克，下身一条黑色裤子，脚穿一双锃亮锃亮新皮鞋，这是他大姑娘去年过年时送的节礼。刘家旺穿这一身节礼投了河。河不是村子旁边的河，是汉水河，离村子二三十里远。一个早上去卖菜的人去河边舀水洒在菜叶子上，猛然看到河面上浮起的一个膨膨胀胀物，吓掉了魂。事后捞起膨胀物，东打听西打听，晓得了是刘家村的人。刘家旺的儿子遭到沿路三个村子的唾骂。死无定所，孤魂野鬼，这是儿女们的大不孝。但是，如同旧有的事例一样，唾骂声只持续了三天，卖菜的卖菜去了，打老婆的打老婆去了，生病的生病去了，日子还在向前过。一个老去的患病村民以种种自绝方式在世上消失，村里人习惯了。

刘三平的父亲刘得财做得更决绝。刘得财中风五年，大半边身子瘫了，吃喝拉撒全在床上。床中间挖了一个脸盆大小的洞，洞正下方搁放一个塑料桶，专门接刘得财的尿尿屎屎。说良心话，刘三平还真是个孝子，整整服侍了三年。终于是疲了，烦了，三五天不去及时清理塑料桶这种情况出现了。刘得财也厌倦了自己的命，只可惜，自己行动困难，投不了河，也站不上板凳悬梁，便在不及人高的窗户上，搭起裤带，挎住头，蜷起腿，活活吊死。刘三平推开门，挂在窗户上的僵硬尸体猛地一头撞进他眼里。刘三平一连十几天睡不着觉。

等死的大舅免除了大表哥二表哥一切的责难和噩梦。

只是，等他死的人不忍心。大表哥和舅母商议，停掉止痛针和止痛药，让他早死早解脱。舅母说早就该停了，你们偏要给他打针打针。针和药停了五天，大舅还能咬床单，又停了可乐，可乐停了三天，咬不动了，气息奄奄。

大表哥松了一口气，着手准备后事。二表哥则人急马急赶去鄂州工地，一名钢筋工从脚手架上掉下来了，医院里正全力抢救，死活未定，他这个老板得赶去扑火。大表哥说你弄好那边的事，就赶紧回。大舅被挪到了铺草的地上。按农村习俗，一个人剩下最后几口气时，要从床上挪到地上，地上铺草，寓意这个人马上要落土为安。

大表哥感到最最欣慰的是，还有一天就到中秋节。如果大舅在这一两天内走了，在外打工的，上班的，子子孙孙都不必请丧假。丧假当然可以请，但请假是个葡萄胎，衍生出一连串的恶果，一月全勤奖没了，年终全勤奖没了，评优评先的资格没了，由组长升到班长再升到工长的机会也没了。排除掉这些“没了”，一个个从四川、湖南、广州千里迢迢往家里奔，又费钱又费时。这下可好，既能过中秋节，又能送葬，一举两得。刘家村的老人也非常非常地眼红大舅。大舅好福气，撞到了一个好日子死。死在中秋节，葬礼热热闹闹的。柄权爹爹吐一口老痰说，鬼扯，哪里是撞的日子，中焕这个老家伙会算计，你莫看他不打针不喝可乐这么拖着，他一拖，拖到中秋节。福气也好，算计也罢，反正大舅被预定死亡的中秋节是个大好日子，大舅门下的子子孙孙共计三十二个，齐刷刷到场。披麻戴孝的，跪在地上白花花一长溜。想一想，都气派。

这天下午，母亲接到大表哥的电话，幺姑，父快走了，就是这一两天的事。母亲听了半天没说话，遭了雷劈般。末了，才想起来问一句，伢们都通知了吗？

挂掉电话，母亲踉踉跄跄往街上奔，奔到李记面铺前，哽咽着，给我……给我一碗热干面。李记热干面是我们街上的招牌。芝麻酱香香了十五年，一直没改味。母亲担心气温高，热干面变味，又买了一瓶冰水，搁在热干面旁边。我们驱车往大舅家赶。

竹子，我前天晚上梦到了你大舅舅，他到家里来，我炖了排骨汤给他喝。他喝完一碗汤，就起身说要回去，我留他在家里多住两天，他坚持要回。当时我还想，什么事情这么急忙要回，现在才清楚，你大舅舅是来给我辞路的。母亲抽抽泣泣地哭。我说，拖了这长时间，走了也好，免得受罪。母亲说，我知道他走了好，但我心里就是有什么东西堵着，呼不过气。你姥姥姥爷走的时候，我都没这样不好受。母亲佝偻着身子，眼睛直直地盯着前方，泪水一颗颗，铁钉子一般，打在腿上，啪啪地响。

大舅比母亲年长十六岁。长兄如父，母亲在婆家遇到任何为难事棘手事，大舅第一个冲锋在前。我们家做房子，没钱买材料，大舅将自己准备做房子用的木材、砖瓦和泥沙全送过来。材料齐全后，木匠出身的大舅又没日没夜地做梁，做柱，做桌，做椅。凡是他可以做的，他都舍不得花钱请人，只肯下自己的苦力。做梁的时候，一根柱子倒下来，差点把大舅的右腿砸没了。大舅那么壮的一个人，抡起拳头打得死老虎，为了我家的房子，伤筋动骨，受大罪，在床上整整躺了三个月。右腿落下疾患，每逢刮风下雨天，骨头缝里针刺一样。这条坏腿陪伴大舅三十九年，直到他现在要死了。

赶到大舅的刘家村，已是晚上八点多钟。昏暗的夜色里，大舅家门口一盏大白炽灯泡高高挂着。不等车停稳，母亲就要往下跳。走到大门口，往堂屋望去，一个人已经落在草上了。母亲奔过去，奔到草床边，跪在大舅身边，捂着嘴巴哭，哥呀，哥。母亲不敢放声大哭。哭声太大，本来一心执意要走的大舅听见了，舍不得，又折身返回来。

大哥呀，大哥，我是桂兰，桂兰。

大哥呀，大哥，我是桂兰，你晓不晓得。

大舅的眼皮眨了两下。

大哥啊，我是桂兰，你晓不晓得，我是老幺桂兰。

大舅的嘴唇发抖，抖了半天，抖出一个字，桂。

大哥。母亲抓住大舅的手，终究是放声大哭。大哥，这是我那里的热干面，你最爱吃的，李记的，李记的。

大舅的嘴唇再次抖了抖，但没有发出声音，眼又闭上了。

母亲哭着，将热干面小心翼翼搁在大舅的脸旁边，她扇动手掌，让芝麻酱的香味散发出来。哥，你闻闻，闻闻，是我那里的热干面。

桂，桂，莫哭了，莫哭了，你看你哥穿这套衣服怎么样？舅母拉起母亲，将大舅要穿到火葬场去的衣物，一件件清点给母亲看。一件黑色底绣了金色蝙蝠图案的棉袄，一条黑色的棉绸裤子，一双黑色布鞋。

夜里十点多钟，二表哥、二表哥的儿子、媳妇，从鄂州赶回来。其他子孙也打回电话，报告行程。有的连夜赶路，有的明早动身。总之，中秋节日子里，他们都赶得上大舅的葬礼。

母亲和大表哥、二表哥守在大舅身边，度过一夜。

3

丧礼的诸多事务紧锣密鼓办着，门口扯起大帐篷，准备开流水席。请好了办流水席的厨师，请好了乐队和腰鼓队。鞭炮、香烛、孝布之物也买了。为请乐队，大表哥和二表哥起了一点争执。大表哥说有腰鼓队，可以不用乐队。二表哥说怎么不要乐队，一定要乐队，哪家最贵就请哪家。要他们唱楚剧，唱流行歌曲，还要表演小品相声，搞得热热闹闹。哦，对了，你上次说王建兵的老子死，他们家开了多少桌酒席？开了七十三桌。好，我们家开一百桌。哪里有一百桌？大表哥问。怎么没一百桌？我说一百桌就一百桌。二表哥吩咐酒席用料按一百桌来计划。这些年累积下来的人脉，二表哥足够自信，可以开一百桌流水席。王建兵是隔壁王家湾的，同样是搞建筑工程的大老板。二表哥和王建兵，堪称两个村里的头号人物。一个人占一个山头。

中秋节假的第一天下午，家族里里外外三十二个子孙，已经抵达刘家村的有二十六个。中老年人拉着家常，说着各处打工见闻逸事；年轻人玩手机游戏，对着微信呱呱呱地讲话；小孩子们以憨陀为首，四处疯闹。谈笑间，我们等着大舅死。

晚上，依然是母亲和二表哥守在大舅身边。大表哥有高血压，不服用降血压药时，血压160/110mmHg，不敢熬夜。二表哥说，父这一走，还得几天闹腾，你把精力留着后面几天用，你先到房里睡觉，有事我叫你。

这一晚，没事。

中秋节第二天，白天，晚上，依然没事。

大舅陷入胶着状态，他完全接纳死亡，可是死亡不要他。

母亲趁着大表哥在帐篷里和小舅商量出殡事宜时，偷偷地给大舅喂了一小勺子水，水沿着嘴边流下来，大舅已经不能吞咽了。母亲不甘心，刚要再喂一口，不料被大表哥进门撞见了，他直跳脚，幺姑，你这是害我父，又害我们啦。他这拖着，他受罪，我们也受罪。

一家人再也坐不住了，眉头锁起。我们开始商讨并实施三套促死方案：憨陀被带到他外婆家去了，去刘家墓地的路烧了香磕了头，村里的壮汉们被请进帐篷里打麻将。我们全副武装，严阵以待。不时地，有人跑到门口看一眼地上的大舅，回来报信：还没，还没。

大舅胸前那口气，悠长得让人恐怖。

10 月 6 号，中秋节假第三天中午，一直昏迷不醒的大舅突然睁开眼，两眼发直，厉声大叫：你别拉我，别拉我，我又不是不去！

一圈人惊悚片刻，抚着胸长吁短叹：终于要走了。

一圈人站在床边，不吭声，等着。

空等了。

大舅的那一口气继续悠着。死亡寄居在大舅身上，仍旧和我们捉迷藏。

八十六岁的水生爹爹又一次来送大舅。水生爹爹是村子里年纪最大的老人，眼不花耳不聋，走起路来，噔噔噔地响。村子里每位老人去世前，水生爹爹都要来送送他们。老姊妹，老兄弟，走好啊，早走早享福，快走，快走。

昨天，水生爹爹来送过一次，没送走。现在，又送，水生爹爹蹲在地上，从口袋里摸出一片白色鸡毛，搁在大舅鼻子那，鸡毛轻轻翕动着。水生爹爹说，中焕兄弟，你还犟得很啰，死赖着不走。你看看你这个坏身体，肝坏了，肺坏了，裆里那玩意也坏了，你赖在里面还能住下去？你死抓着它不放，有意思呀？放手，放手，早放手，早投生。水生爹爹一个劲地催，大舅鼻子旁边的鸡毛也一个劲地轻轻翕动。你呀，老家伙，你真是个犟家伙，犟牛。水生爹爹摸了摸大舅的手，凉凉的，温度都快没了。水生爹爹问，该来的都来了？

小舅扳着指头算，妹夫家的，女婿家的，儿子家的，侄女家的，侄儿家的，孙子家的，叔伯的，嫡亲的，该来的都来了。舅母蹲在地上扎紧大舅身上的被单，嘟嘟囔囔，这个老不死，还有么事牵扯脚了，丢不开放不下。

水生爹爹看着一大圈人，看了又看，突然发问，怎么没看见李家的人？

李家？哪个李家？

你哥是从河南李家来的呀。

小舅和母亲羞愧得说不出话来，他们都忘了这个大哥的来路。

七十年前，1947 年，我的外婆带着十三岁的大舅从河南李家改嫁到湖北刘家。大舅的生父原是开盐铺的有钱人，只因赌博成性，输光家财后无脸回家，在野外找了一棵树，上吊死了，盐铺也被抵了债务。一无所有的外婆带着大舅流落到湖北，改嫁刘家，又生下小舅和母亲。

大舅成家立业了，家里经济形势好转些，回过河南老家归祖认亲。几十年里，逢年过节，婚丧嫁娶，刘李两家都有人情往来，一直持续到大舅六七十岁。等到李家的两个叔伯哥哥和一个叔伯弟弟去世，李氏家族里就只剩下叔伯的几个侄子孙子，隔了两代人，疏远了许多。这十多年里，刘李两家断了往来。大舅也不再提起李家。

你们快点去河南，把你父老家的人接过来。水生爹爹说。

二三百里远，这一时半会也赶不来呀。大表哥着急。

赶不来也赶，听我的，快点去找人。水生爹爹近乎命令了，他收回鸡毛，小心地揣进口袋里。

二表哥的女婿火速开车，前往河南李家奔。

能不能找到李家血脉，李家来个什么样的人，什么时候来，都是未知数，唯一可以确定的，八十三岁的大舅脚挪不动，不肯走。

一群子孙中有人小声嘀咕，大爹爹恐怕是和我们杠上了哦，还不晓得要杠几天。有人附和，能不能先赶回去上班？三个子孙委婉地向大舅母表达自己的意愿。好，好，你们守了他几天，也行了孝心，走吧，走，快回去上班，活人的事不能叫死人给耽误了。哪天大爹爹走了，你们也不用再回来了。三个人说，那哪里行呢？这不被别人骂？我们要回来的。大舅母说来来回回的，又费盘缠钱，还误你们工作，哪个敢骂你们，大婆婆就骂他。三个人说我们要赶回来给大爹爹磕头烧香。大舅母说，伢啊，听话，不用两头瞎折腾了，你们现在就给大爹爹磕三个头，算是送大爹爹。

于是，三个子孙跪在地上，烧香磕头，提前送终。

这一夜，母亲被强行送到房里休息。大表哥仍旧不敢熬夜，另外，还加了一层烦恼。十亩八分田的稻谷本来要在这两天收割。大舅这一拖，不晓得要挨到哪一天。天气预报说这几天，有中到大暴雨。要是一下雨，谷子倒在田里，那个损失可不得了。烦人。烦人。大表哥使劲拍自己的额头。他头疼。

身陷鄂州的二表哥比大表哥更头疼，摔下来的钢筋工最终死了，两方协商赔款事项，商议了几天，达不成共识，家属坚决不火化，抬着尸体闹到了当地政府大门口。政府人一电话打给二表哥，你家里死人翻船都先放下，这边人已经死了。二表哥不敢马虎，急急匆匆赶到鄂州，他的儿子代替他守在大舅身边。

4

10 月 7 号，中秋节假结束了。中午十一点，去李家的使者传回电话。断了十多年的李家血脉找到了，他们正在往回赶，大家少安勿躁。

还是有子孙躁起来，即便今天大爹爹死去，送葬也得两天。这时间可不能再耽误了。几个人如昨日先行告退的人一般，磕头，烧香，辞别大舅。

聚在帐篷里打麻将嗑瓜子的村里乡亲也一一散去，奔地里割稻谷去了。中到大暴雨一下来，一年的收成可就泡了汤。乐队和腰鼓队打电话过来催，你们家到底要不要鼓乐，我们把其他几家的生意都推掉了，这损失算谁的。大表哥不能表态，和二表哥商量。电话那头，二表哥恶狠狠地吼，算我的，算我的，他要多少钱给多少。大表哥给对方回话。对方说那好，你们家快一点，我们做不成你们家的，还连带着不能接别人家的活。大表哥跳起脚来骂，你这说的是人话？有你这么样做生意的？我能叫他快点死？

清冷的堂房里，大舅一个人睡在地上，母亲靠在我肩头，也昏沉睡去。时光像慢速火车通过站台，疲乏，倦怠。我坐在那里，分担着大舅的死。这昏迷不醒的身躯像只茧，不久后就会化蝶而出，展开下一个旅程。他再也不能迎接我，唤我小名。去年大舅住院，我去看他，寻到病房 17 床，寻不到他的人。楼层里寻了一圈，看见大舅靠在另一处电梯口，茫然打量着上下电梯的人。一见到我，他趔趄过来，紧紧抓住我的手，又惊，又喜，又责怪，竹子，真的是你呀，你妈说你要来，你来干什么呢。你工作忙，我一个老家伙，耽误你们的事。

下午四点多钟，大雨倾盆，人们活跃起来——李家来人了。

水生爹爹领队，小舅和母亲排第二列，大表哥，我，若干个侄子孙子紧随其后，去村口迎接。

两个三十多岁的男人，神色哀戚，脚步迟缓。他们从来没有见过那个正睡在地上的人，但那个人是他们的叔伯三爹。现在，他们代表整个李家的血脉体系来送他去死。

一行人簇拥着走到门口，两个男人稳了稳步子，大踏步走到草床边，跪下来。

中焕兄弟，你孙子来看你了。水生爹爹轻声唤着大舅。唤了几声，水生爹爹抡起拳头敲自己的头：老东西，老糊涂了，老糊涂了。他伏身又唤：李中焕兄弟，李中焕兄弟，李家来人啦，你李家孙子来送你了。你河南，李家的。

三爹，我是李启明。

三爹，我是李启东。

三爹，我父中风，走不了路，不能来送你。

三爹，家里人都好，有两个伢考上了大学，还有几个在外面做生意。生意做得大，我们都买了车子，还有房子。

两个男人低声唤着，三爹，三爹。满屋的人，噤声不语。

忽地，人群涌动，哭声大作。

——大舅叹出长长一口气，走了。

各位，故事就是这样的，一个名叫刘中焕的人，叫“刘中焕”这名字，叫了七十年，等他叫回他原有的名字“李中焕”，他就安安心心地死去了。

林氏恩怨录

1

她原本坐得端正，像一尊送子观音。可是，他前脚刚一踏进门来，她的身子就晃了一下，往下滑。她吸气，双手吃力地撑住椅靠，身子努力向上立起。可不到两秒钟，她又滑下来。她又深吸口气，右手抓住椅靠旁的龙凤拐杖，使劲地撑住地面。

她要是不哭，绷着身子的一腔力气就不会散。

她却要哭。

老幺，你来了。她叫道，眼眶立刻红了。她从口袋抽出一张卫生纸擦，眼眶越擦越红。纸擦破了粘在她右脸颊上，像投降的白旗。

老幺一声不吭，斜侧着身子坐在门边。滑下来的她，努力地向上挺直。

我趋前一步叫大妈。她脑袋摇了摇，眯着眼瞅我。我是竹子。我补上一句。她“啊”了一声，随后抓住我的手，又去抓旁边的凳子。坐啊，坐，竹子。她鼻音很重，语音哽咽。我拿过凳子，紧挨着坐在她的右手边。

左手边是空空的过道，午后的阳光透过窗棂射进来，她水肿的脸被照得发亮。她向前倾了倾身子，挂在胸前的钥匙串晃了晃。两把钥匙。一大一小。等她坐正，钥匙串就恰好挂在正胸前，像受难者赴死前绑定的丨字架。

她也是一个要死去的人了。

他原本是不肯见她的。十年前发的毒誓：除非阎王爷召见。

2

你们不要逼我，她要死，死她的，和我有么关系，莫逼我。他边说边摸口袋，摸出烟。啪，点燃火机，很重地吸两口。我看见他的手在抖。他气恼，且无路可走时，总是很猛地吸烟，手很猛地抖。

他这个狗养的东西也有求人的时候啊，他不是说他一个电话，县委书记就会帮他搞定。他又很重地吸了两口烟。等他抽几口烟缓过气来，就会痛诉家史。太沉痛了，以至于他几乎说不下去，说一会就要停下，向左边喘喘气，向右边喘喘气。我和大弟一左一右坐在他旁边。

那年，你们老表结婚，人家安排坐席位，他这个当侄子的非要坐在我这个幺爷的上席位不可，惹得你们姑妈村里一村的人看笑话。老子怎么办？老子只好扯了个谎，说学校里有事，要赶回去，免得让主事的人不好办。你们说，他还讲不讲人伦道义，狗养的东西。

那年，他第二次结婚，老子种的五亩水稻卖的钱，除去化肥种子本钱，刚好赚了五百块，全送了礼钱。第二天，他打电话来说，幺爷，五百块钱里面有一张假钱。你们说这怎么可能呢？钱从粮店接过手，老子动都没动。老子就是穷死了，也不会送礼送出个假钱。老子第二天骑自行车，骑了四十多里路去他那里，让他把那一百元钱给老子，他还真的拿出一张一百块钱，说是假钱。

沉痛地述说完两个那年，他转向左边喘气。你说，我是这样教你的？大弟递给他一支烟，说，没有，我肯定不会像他那个样子。

好，就算我不计较，老家人会原谅他做的那些事？他竟然做出那些事来。现在有难了，晓得人死了要埋，不能埋到马路上去。他要把我这张老脸拿出去丢，丢他先人的脸。

他转向右边喘气。我说丢他先人的脸也是丢我们先人的脸，再说，大妈……

你莫提她，她死她的，跟我没关系。他打断我的话。

下辈子还不晓得是不是一家人了哦。我半开玩笑。

我不想和她做一家人。不是她，你爷爷奶奶不会走得那么早，我……我……他混浊的眼眶突然就浸了泪，我赶紧闭嘴。手机又响起来，我瞅了眼来电提示，给大弟递了个眼色。我们起身向外走。

从昨天晚上到现在，四个堂姐轮流打我们电话。几句话翻来覆去说。说去说来，就是人都要死了，见最后一面。

父亲把恩怨记得死死的，我们也没有办法。

准备好礼钱，又去买了两篮水果。母亲说不准多送，他家送了多少，就还多少。两个月前，小弟家孩子过十岁生日，10年没来往的四个堂姐，还有父亲口中那个狗养的东西，也就是我们的堂兄远程哥来送了礼。亲亲热热叫父亲幺爷。乡里乡亲面前，父亲笑成一朵花。背底里，父亲咬牙切齿，阴谋，阴谋，这都是阴谋，狗养的东西，他那个脑袋比算盘珠子转得还快，没赚头的事他不会做的。

眼下，阴谋变成事实。堂兄要给大妈做八十大寿。我们去不去？肯定要去。但问题的关键不是做寿，是他们要父亲去见大妈一面，一笔勾销从前事，商量身后事，去村子里给大妈要一块坟地。四个堂姐和堂兄没明说，只说做寿，但瞒不过父亲。

我对大堂姐说，我爸随老年团出外旅游了，我们明天也有事，今天提前过来。大堂姐说，那也好，那也好，你们快来。

车开了半小时，父亲打我电话，凶巴巴地问，你们在哪里？我急了，我说您这还有完没完，和一个要死的人赌气。他吼道，把老子接到车上去。

3

你看这根拐杖，是兰兰去黄山旅游带回来的。拐杖有各种样子的，她为什么买龙凤呈祥的？因为她晓得我的心病就是盼她快点结婚，龙凤呈祥。前些日子，这里发大水，河水都快漫堤了，全市都在抗洪。兰兰从武汉赶回来，要把我接走，去和她一起住。我一个老婆子哪里会跟着她住呢，尽给她添乱。兰兰就买了个闹钟，每天半夜两点就响。她说，奶奶，半夜一两点正是瞌睡沉的时候，要是夜里发了大水，淹到屋里来，你都不晓得。你听到闹钟响，就赶紧醒。要是发了水，你就快点跑。

复述到这里，她大喘几口气，抬起右手按住了胸口。大堂姐见状连忙拿过来一盒止痛药。吃一颗？大堂姐试探地问。她摇头，又揉了揉胸口。她强硬了一辈子，不会在生命的尾端让我们，特别是让那个和她发过毒誓的老幺看到她吃药。我就是想活到能看见我家兰兰结婚，还能看见达达读大学。兰兰今年二十二，达达今年读小学四年级。竹子，你帮我算一下，达达还要几年读大学。她侧过身来正对着我。她的老幺，我们的父亲，他不耐烦地抬腕看手表，又看我，示意我赶紧结束儿女情长。我假装没看见，很专心地帮大妈计算小学四年级距离大学的日子。

兰兰和达达同父异母。兰兰是我的第一任堂嫂所生。只因堂嫂生了个女孩，大妈百般地挑拨她与远程的关系。最终，大妈拍了板，离，非离不可。两个人感情再好，也不能当香火传。兰兰五岁时，离了。兰兰判给堂兄远程。离婚后的堂兄一直忙，主要是忙着相亲约会试婚同居，兰兰由大妈带着。堂兄忙着相亲，是大伯大妈的命令。赶紧娶个新媳妇，赶紧传宗接代。尽管远程是我们林下村走出来的第一个大学生，但不能生出个儿子，也不配光宗耀祖。

第二任堂嫂怀孕五个月，大妈带着她找到一家私人诊所。说是诊所，其实就是一家灰头土脸的民房，坐落在某个村子的最里面。神不知鬼不觉的。诊所两间房，房门前悬挂白色帘子。掀开帘子，一间房里摆着一台仪器，一间房里搁着一张床。堂嫂亮出鼓鼓的肚皮，B 超仪器在鼓肚皮上面划过来划过去。划了几个来回，大妈问医生里面是个什么？穿白大褂的人不答，他又划了几下仪器，说了句恭喜哈恭喜。大妈一听，赶紧双手合十向那人作揖，嘴里连呼“菩萨保佑，菩萨保佑”。

又过了三四个月，患肝硬化晚期的大伯，疼得只剩下一把骨头一口气。大妈说，你放心地去吧，莫把自己疼死了。你早点走，早点投生。大伯不肯死，等着结果。大妈一边抚他的胸口一边骂他，你个老鬼，叫你放心地去，你不去，你就喜欢瞎操心。我说没问题就没问题，人家医生已经恭喜我了。大妈说到这，瞅了两眼第二任堂嫂的肚子。肚子像座大坟山扣在堂嫂身上，只等裂开，蹦出个大胖孙子。大妈的四个女婿四个女儿，也分散着，站的站，坐的坐，扯着闲话，等他死。其他一些近亲，也大都从外地赶了回来。大伙一起等着他死。这种等人死的情况，我在我大舅刘中焕的死亡事件中描述过，不足为奇。奇异的是，一干人都在等候大伯死，大伯却在等候他的大胖孙子出生，等候重心就转移到了堂嫂的肚子。

一大家子人盯着堂嫂的肚子干着急。堂嫂也着急，不只是急，还忧心忡忡。那个穿白大褂的要是昧了良心，说了瞎话，她可担不起一个人“死不瞑目”的罪责。堂嫂辗转反侧一夜，不能入睡。第二天早上八点钟不到，堂嫂肚子一疼，身下一见红，顺顺当当生下一个大胖小子。大妈抱着热乎乎的新生儿达达来到大伯床前，掰开达达的两腿送给大伯看。老鬼，你看清楚了，这是不是小鸡鸡，你看清楚了，这是不是小鸡鸡，你快点闭眼睛。大妈转身没一刻钟，大伯闭紧了眼睛，再也不睁开了。

那个老鬼的眼睛闭得死死的。她说到这里，满足地笑了，扭头看身后的墙壁。我才注意到大伯的遗像就挂在我头上。一张刀削的脸，苦大仇深望着我。我再看坐在门口的那个，也是一张刀削脸，苦大仇深。他烦。

老幺当然烦，她这样子根本不是要死的节奏，明明又是在显摆。大哥大嫂一辈子以压倒老幺为己任。不过，在续添香火这个项目上，老大并没有获胜，他只有远程一个儿子，达达一个孙子。老幺却有两个儿子，两个孙子。

老幺站起来，这次，他坚决要走。不是让见最后一面吗？好，见了，散伙。明天到阴间见面时，总不能到阎王面前告状，控诉他不敬长兄长嫂。

大堂姐赶紧走过来，将一包烟往他手上塞。我不抽。他一把推开。幺爷，抽烟。我不抽。他又推，烟掉到地上。大堂姐捡起来，拍烟盒子上面的灰。根本就没什么灰，但大堂姐拍得很仔细，拍了正面拍反面，拍完后，双手递给幺爷，幺爷，您抽烟。幺爷只好接过烟，大堂姐又点燃打火机，将火送到他面前。刚才，在来的路上，我偷偷给大堂姐发短信，报告老爷子过来。大堂姐就准备了烟，准备了打火机。

老幺，你怎么还这瘦，瘦成了一个篾片片。她叫他。这是她同他说的第二句话。准确地说，这是他们十年誓死不见后说的第二句话。第一句是他进门时，她叫的那一声老幺，你来了。

十年前，大哥患肝癌死了，死在那个狗养的东西远程家里，追悼会在城里开了，也送到城里的火葬场烧了，但骨灰盒仍是埋在林下村。这是老幺做的工作。要不是老幺做工作，林下村没有人愿意为他挖上一个坟墓。这不能怪林下村的人不念乡情。狗养的东西远程做的事太不像个样子了。唉，不是个东西啊。老幺打落了牙只能往肚子里吞。他领着狗养的侄子踏进林家老少爷们的门槛，一家家致谢。

骨灰盒埋进黄土下面了，狗养的东西要返城时，老幺把一句话往心底压了又压，没压住，他说，以后啊，以后你走哪里，你都莫忘了自己姓林。老幺说这话时，语气有些重有些恨。大嫂不依了，这不是欺负人吗？老大刚死，老幺就行横，欺负他们娘俩。大嫂脸一沉，说，你莫给我们上课，还轮不上你管。

好，好，不管，我不管，以后你们有事莫找我。老幺夹着烟的手直发抖。他恨，真是恨。

不找就不找，我还不信，林家少了你，地球还弄不转了。

好，好，以后莫找我。

以后啊，以后桥归桥路归路，一刀两断。七十岁的大嫂发起狠来，仍有年轻时的霸气。她眼里冒火，嘴里吐词极快。

一刀两断就一刀两断。老幺把烟往地上一扔，一脚踩上去死劲地踝。

好，伢们也莫来往了，各是各，远程，我们回。大嫂钻进车里，砰一声关掉车门。

各是各就各是各，我再见你，我就是王八蛋。老幺扭身也走。

我再见你，除非是在阎王那里。大嫂趴在窗口，丢出一句话。车呼啸而去。林下村的坟地安静了，只剩下一棵老槐树，在风中瑟瑟发抖。

誓死不见，十年。

老幺低头抽烟。老幺，你的胃病还是那个样子？老幺唔了一声。竹子啊，你爸年轻时胃就不好，又喜欢吃辛辣的。你不能让他吃那些东西，要吃清淡一点，稀饭啊，面条，都是养胃的。他是跟你一起住吧。她咳起来，很闷很哑的咳嗽声。她吐出一口痰。痰中的血暗红。老幺站起来，步了有点打战，扶着墙壁去洗手间。过了将近五分钟，老幺出来，又扶着墙壁摸到椅子上坐下。他的裤裆那浸了几滴尿渍。大堂姐上前，给他点燃打火机。幺爷，你抽烟。他虚弱地摇头，说，我不抽。他的嗓音突然就沙哑无力了。

4

她又吐出一口痰，仍是暗红的血，她低头将手中的卫生纸丢下去覆盖在痰上面，悠悠地说我睡一下啊。她闭了眼，额上的汗细密细密的。疼痛像烙铁，烙着她的前胸和后背。所有的癌到了末期，使出杀手锏，疼。疼到呼一口气都疼，动下眼皮都疼，疼无孔不入。往死里疼，疼死。我的大舅胃癌晚期，我的大伯肝硬化晚期，都是疼死的。疼是癌派生出的皮肤，敷在坏掉的肉体上，带到坟墓去。

怎么不去住院？我问大堂姐。

转移了，多个部位的骨转移，治也没用。

医院里能用一点止疼药。

住了十五天院，她天天闹着要回。你远程哥把药费单子给她看，告诉她这病国家有报销的，花不了多少钱。她还是闹。她说我要回去做八十岁大寿。年前，我们要给她做，她不准，说是花冤枉钱。现在，又让我们做。她大概是想做个寿，冲个喜，说不定又吃上三年五载白米饭。

明天不是要过生日吗，远程哥他们几个人呢？

你远程哥今天要开会，他们单位最近又有人事变动。你二姐工地上要进材料，走不开，晚上赶过来。三姐，嗯，莫提她。老四……大堂姐的话还没说完，三堂姐急匆匆推门进来。大堂姐忽地站起来，将老三的衣角一扯，扯到厨房里。

你告诉我，你赚了几多钱。大堂姐小声地吼。三堂姐不作声。你说呀，我给你。大堂姐掏出两百块钱，重重地拍在饭桌上。三堂姐说你不用假装孝顺，你孝顺，你来呀，你来照顾了几天，今天幺爷来了，你做样子给幺爷看，我们来让幺爷评评理。老三反过来把老大拉到客厅。幺爷，妈住了十五天，我在医院守了八天。够不够？如果姊妹轮班，我应该只守三天。前天出院，他们都说忙，那我来照看。你照看了吗，你？大堂姐抢过话。妈让我回去的，她说自己可以。她当然说可以，你告诉幺爷，你回去干什么。大堂姐呛她。我回去网鱼赚钱，我不照看妈，我是罪人，好吧，那你们不赚钱都回来守着妈呀。你们人呢？三堂姐的声音压得低，可句句是铁锤，声声逼人。我回头看过道处，大妈闭着眼一动不动靠在椅子上。

那你告诉我一声，我好抽时间赶过来，总不能把她一个丢在屋里。要是死了，床前都没有一个后人守着。大堂姐说。

好了，好了，我不是非要攀扯着你来照顾不可，我晓得你那里忙，你还要做多少天？

二月十五号开始做的，还得做十一天。大堂姐说，疲惫像只大虫子趴在大堂姐的眉结上。

这些日子，大堂姐忙着请道士在家做法事。得做七七四十九天。天天念《混元赞》，迎接未来的孙子。念诵《混元赞》经原本是为迎接玉皇大帝"下凡"。大堂姐未来的孙子虽然不是玉帝的命，但也来头不小，尊贵了得，不是轻易落入凡尘的人物，必须恭恭敬敬地迎请。道士说，你家孙子之所以迟迟不来，是因为没看到你们刘家的诚心。现在迎请还来得及，再过一两年，他自绝凡尘路，念经四百九十天都没用了。

做法事之前，大堂姐还上木兰山请愿了两年。木兰山在我们方圆几百里小有名气，传说山上的菩萨灵验得很，求财的，求儿子的，求姻缘的，求仕途的，无一不求有所得。偏偏在大堂姐求孙这件事上，总不肯显灵验。儿子结婚头两年没怀孕，情有可原。一个在东北搞装潢，一个在广东做服装，一起睡觉的时候少。大堂姐发狠心把儿子儿媳都召回来，什么事都不让他们做，只管吃了睡，睡了吃，睡了半年也没睡出个果子来。到医院查，先查女方，女方完好无缺。再查男方，查出精子活动力不强，死精多弱精多。大堂姐的整张脸就塌了，死了祖宗一样。中药西药吃了大半年，儿媳的肚子还是空的。问题仍出在精子方面。这下子，离不离婚就看儿媳的态度了。儿媳说，妈，我们不会离婚的，你放心，我们可以去做人工授精。大堂姐一咬牙，买了一个二十五克的金手镯送给儿媳，感谢她不离婚的大恩大德。做人工授精那些天，大堂姐守着儿媳的肚子像守着天王老子，大气都不敢出。胚胎置到儿媳体内了，只等落地生根。可是，生不了根，还是滑了。大堂姐怄得几晚上不能睡觉。还是那个道士说得对，孙子金贵命，不是平平常常就肯来刘家做孙子的。除了做四十九天法事，还能怎么办？大堂姐没有分身术，大妈只能自挂钥匙，自己上下楼照顾自己。

两把钥匙，一大一小，像两个护卫跟着大妈。先是大伯走，再是兰兰读寄宿初中，再是达达被接回武汉，最后剩下的就是两把钥匙。大钥匙用来开房门，用得多，磨出一层黄光。小钥匙用来开箱子，主管财产，关键节口用得上。住院那天，救护车等在了门口，她仍拼着最后一点气力打开箱子，从最里层摸出达达的一年级语文课本。课本里夹着五摞钱，她指着最高一摞说，这是给你哥的，其余的，你们一家一摞。

住了十五天院，没死成，只是疼，一时半会却又疼不死。五年前医生宣判她最多只有三个月寿命。她喝一两百毫升的尿水，吃油炸蜈蚣，吞香烛烧出的灰，她试了各种偏方。又多吃了五年的白米饭。现在，做个八十大寿，冲个喜说不定又吃上三年五载白米饭。

离那个高考不是还有一百多天吗，老四就不能过来？三堂姐将气撒到老四头上。

那我哪晓得，我看她明天再守个状元出来？她以为还有那好事，哼。大堂姐冷笑。姊妹中，老四的子女最成才，先是儿子考上武汉大学，现在即将高考的女儿成绩也不错。

她说她没有时间轮班，可以付工钱给我们，帮她轮。大堂姐说。这下子惹火了三堂姐。好，让她付，她有钱，她们家儿子姑娘是考状元的命，我们是提灰桶的命，摸鱼网虾的命。我现在就给她打电话，看她一天付多少工钱。三堂姐说完就要拨电话。

你们都去忙你们的，我自己能行。大妈睁开眼睛，颤巍巍站起来，又颤巍巍走到客厅的一个柜子边，拉开抽屉，从里面翻出一个本子递给大堂姐。你舅舅还有几个老表的电话都在上面，记得给他们打电话，接他们过来，我要做八十岁大寿。你等会赶紧回去，好烟好酒地款待道士们，莫耽误了大事。

这时，三堂姐接了个电话。接完了，她说，幺爷，您多坐会，远程马上请假回来。谁知，这句话像马蜂一下子刺伤了幺爷。他站起来，不由分说往外走。

老幺，老幺。身后传来大妈的叫声。凄凉又绝望。她明白，这是她活在世上，最后一次与他过招。一个林家的小儿子和一个林家的大媳妇，几十年恩恩怨怨风风雨雨。

他头也不回。走得又是绝情又是绝望。他大概也明白，这是她活在世上，他看她的最后一眼。等他再看到，她就是一个脸上蒙了黄纸，要装进棺材去的冷冰冰遗体。

老幺，老幺。她哀哀地哭，声音低下去，身子像一摊软泥。我追上去，搀扶着那趺趺撞撞的老幺。

5

早上，他穿上出门做客时穿的一件灰色外套，一条青色长裤。手上拿着一把崭新的镰刀。他什么时候买的镰刀啊，他拿镰刀做什么？不等我发问，他吩咐我，你把远浩叫上，另外去买三十份麻糖米酒，我要回林下村。他说得决绝，不容商量。我依了他，只要他开口说话，让我办什么都可以。从大妈那里回来三天了，他在家里总共没说上十句话，关在自己房里埋头抄林氏家谱。他将第 20 页重新抄在另一张纸上，第 20 页上面有大弟林远浩小弟林远义的名字，也有堂兄林远程的名字。这张纸单独放在抽屉里，下面压着他为自己写的悼词和致亲属答谢词。他为别人写了一辈子的悼词和答谢词，担心自己死后，没有人写得合适，就预先写着，避免我们到时候手忙脚乱。

开了三小时车，快进林下村时，他说，先去看你爷爷奶奶。我们就把车继续往林家坟园那边开。说是坟园也不完全是坟园，严格意义上说，是田地。方圆二三十亩地，种着油菜小麦，田间地头隆起一个个坟墓，一个个坟墓上长着草。像一粒粒撒在地上的种子，又长出了新枝新叶。五月，麦子油菜长到最旺盛的时候，狗尾巴草也长得齐人腰深。有几家的坟墓完全被青草遮盖了。

不准看墓牌，给你们三分钟，找到你爷爷奶奶的位置。他站在一块油菜地田埂上，突然命令我们。我和远浩愣住了，这算什么命令嘛。尽管放眼望去，大小油菜地大小坟墓都差不多，但爷爷奶奶的坟地我们怎么会找不到。我们沿着菜地寻去。这个？我问。他乌云满面，摇头，这是你连旺大伯的。这个？大弟问。他吼道，你桃芳婆婆的。他的脸色更不好看了。我们走到一块稍微高一些的麦子地田埂上，仔细看了看四周，又仔细回忆去年清明节回来上坟时的情景。这一个吧。我们小声问他。他看着我们，半天不说话。我们不敢再问，又不敢往前走，僵在田埂上。那是继旺叔叔的。他说。他不看我们了，他扭过头看远处的油菜地。起风了，送来一阵阵油菜花的清香，我们心里发慌：爷爷，你到底睡在哪块油菜地下。

明明记得清清楚楚，从小路上走过来，横数第五道田埂，纵数第八道田埂，它们交错处就是爷爷奶奶的坟地。我记得是横数第五，纵数第八呀。我小声解释。你没看到，这里又挖了道田埂，多了一列出来，那边又把两块田合在一起了。他脸上被火烧焦了一样，乌黑乌黑。哦哦，我们连连点头，其实我们哪里看出多了一列合并了两列，我们不知道田埂的变化。他带我们穿过一条田埂，又折过一条田埂，终于看到了爷爷的墓碑。我忍不住一阵心酸。爷爷奶奶活着的时候，不会想到，有一天，他们的孙子孙女连他们的坟地都会找错。

那一年，父亲和大伯两兄弟分家。十二亩田地，一家分六亩。地势好的地和地势差的地搭配着分。老地基房分给父亲，父亲再付给大伯老地基价值的一半。一头水牛分给大伯，大伯再付给父亲一头牛价值的一半。分完房子分完牛分完地，最后分爷爷奶奶。大妈要求一家分一个。大队书记说他们都六七十岁了，年老了要做伴，最好不要分开，你们每家供养一个月，一年下来，也只供养六个月。大妈说我把两个老家伙养在家里白吃白喝，我有病！我只要一个。父亲说，你不养，我养，两个老的跟我住。大妈说，你把两个老家伙要过去，帮你烧饭洗衣，你想得美。两个老的，一家一个，哪个都莫想占便宜。父亲走到大伯面前，问，你怎么想的？大伯瞅着地面，半天不吭一声。大妈说，老幺你是什么意思，我的意见不是意见？我就是要一家一个，我看哪个敢反对。

谁去老大那边？爷爷说你去，奶奶说你去。大队书记说，那就抓阄吧。书记拿出一张信纸，撕成两半，一半上面写

“老大”，另一半上面写“老二”。写好了，揉成一团，做成两个阄。爷爷说你先抓，奶奶说你先抓。爷爷先抓，打开纸条不说话，一脸哀苦地看着奶奶。奶奶颤抖着手，抓到另一个阄，当场就哭了。奶奶被抓到大妈那边，不到两个月就病死了。起先只是伤风感冒，没人管，拖了十几天，走了。随后，爷爷也一病不起，追随奶奶而去。

爷爷奶奶的上方是二爷爷二奶奶的坟地，大伯紧挨着爷爷奶奶。父亲说，你们划得来，先来先得，还有个地方睡觉，我明天睡哪里呢。父亲在操心他的墓地。我们家很早就搬到小镇上，后来又搬到城里，家里的自留地大都送给了别人，就留这一小方油菜地作墓地。已经有五个坟墓，把油菜地差不多占满了。大伯家的地则全部卖了。远程哥做主买的。远程哥说人都搬到城里来了，地留着有什么用，卖一个钱是一个钱。大伯留下的遗言却是我死了要埋回去，要埋到林下村里。现在，大妈也要回来埋在林下村。

父亲用镰刀把爷爷奶奶的坟头杂草收拾干净，又拆开一包烟，一根根撕碎了烧给爷爷。他说，你们明天给我上坟，烧两包烟就行了，莫搞那些别墅小汽车。

给爷爷奶奶烧完最后一炷香，父亲走到连旺大伯墓前，他说，竹子，你们三兄妹要记住你连旺大伯的好。每年大年初一和清明节回来上坟时，一定是要记得给他烧三炷香。我 1983 年暑假和你大伯在野猪湖打鱼，遇到了大风浪，要不是你大伯驾船一个急转弯，躲开迎面扑上来的大浪，我早就死了，哪里还有你们的今天。父亲又领着我们走到坟地西北角的一个墓前。那墓看上去有些年月了，没有墓碑，坟头塌陷，杂草丛生。爸，这是谁呀？我问他。他说，你去那边摘一把油菜花过来。等我采回花，父亲已经将杂草砍干净了。他说，这是后来搬到我们林下村的又喜大妈。可怜她一辈子无儿无女，本家两个侄子都搬到湖南去了，逢年过节也没有人来看她，她这里就成了一个孤坟。去，把这花给你又喜大妈坟前放上。

从坟园出来，我们往村子去。我家搬到小镇后，我已经有好多年没回村子了。住在村口的东枝大婶仔细看了看我，试探地叫，是不是竹子啊。我笑着叫她，她亲热地拉住我，你老公是做什么的，你孩子呢，孩子读几年级，快读大学吧。东枝大婶又算我今年多大了。不一会，秀英嫂子，冬香大婶，培兰奶奶都围上来，又问一次我老公做什么，孩子读几年级。东枝大婶啧啧啧地叹，哎呀呀，时间过得真是快，昨天你还扎个马尾辫，现在你丫头都扎马尾辫了。竹子啦，你以后多回来啊。你再不回来，我们都认不出你了。

我除了连连点头，说不出一句话来。时间这东西，有时飞逝，几十年的光阴眨个眼，没影了；有时停驻，一分一秒都不曾走开过。冬香大婶家蒸的馒头，我吃过。培兰奶奶家的床，我睡过。那是十三岁的我惹恼了母亲，她拿柴火棒打我，我赌气不回家。天黑了，我独自缩在墙角落里，又冷又怕。培兰奶奶把我拉到她家里，睡她家热乎乎的床。

拎着麻糖米酒节礼，父亲带着我们姐弟二人一家家拜访。最后去拜访继权哥。继权哥是父亲的接班人。父亲在老家时，族里但凡有红白喜事，从安排来宾的席位到组织仪式都是父亲操持，他的助手继权哥将他的指令执行到位。父亲跟我们到城里住后，现在房族的事，全部由继权哥来主持。父亲和他说了很长时间，他们面部严肃，又压低声音，仿佛在策划一件机密大事。等回到车上来，父亲神色松弛，安然地靠在椅子上。

6

这份林氏家族恩怨录叙述到此，一万字有余，我不想写了。老人们说清官难断家务事。何况我不是清官，既不能置身事外，还得纠结其中，我说得清吗？唉，搁笔，喝茶去。茶从坟头上长出来，是要解我们百愁的。

可是，时间不息，风云不止。那边日月里，连旺大叔还在行船捕鱼，桂花婆婆还在和邻居闹得鸡飞蛋打的。在这边，有些风云，也是我想止也止不住的。

咳血的人继续咳，咳到她八十大寿后第四天。

早上，大妈特别想喝一碗马家豆腐脑。只要走出院子门，马家豆腐脑就摆在街口第一个早点摊。马家豆腐脑好喝。嫩滑细软的豆腐脑里拌一点脆脆的酸酸的荠菜末。在嘴里含一含，化了。胃口不好，又想吃点啥时，马家豆腐脑是很好的东西。

出门前，大妈习惯性地摸了摸胸前的钥匙。钥匙挂得好好的。她又摸了一次。在的。她的钥匙一直就挂在胸前。咳血时挂着，疼的时候也挂着，一个人吃饭时挂着，一个人开箱一遍遍数五摞钱时也挂着。就当是挂了串钥匙项链。

疼烙着她，可她拄着龙凤拐杖还能走下去，烙铁狠狠烙下来时，她就扶着墙壁歇一会。反正她有的是时间，不着急。难道一天喝一碗豆腐脑，时间还不够？二十五分钟后，她挨到了马家豆腐脑摊前。前几天，不是说您老住院了吗？您这把老骨头真还扛得住。弥勒佛似的老板笑呵呵给了她一个大大的表扬。豆腐脑比往日盛得多，几乎要漫出来。您老就在这吃。老板拉开椅子。不了，我回去吃，我还有事。一丝笑意染着她苍白的脸，像死亡的胭脂。

她又挨到院子门口。望着高入云端的楼梯，她连喘了几口气，上楼。上。她鼓动自己。上到第八阶，疼像把尖刀，捅过来。她立在台阶上，立了一会，像是在确认尖刀捅向的位置。她佝下腰。她想找尖刀，或者按住刀柄。哧。又捅了。捅胸。捅背。她更深地佝下腰，整个人蜷缩成一团。上楼，上。她给自己开动发动机，再次鼓动自己，她抬腿试图迈向第九阶台阶。终于没有迈上去。她摔倒在第八级台阶上。马家豆腐脑从台阶上滚下，滚了一地的白。

尖刀还在捅。尖刀打算快刀斩乱麻。她向上爬。再爬两步，就可以摸到门。她果真爬了两步，摸到门。要是能站起来，开门，她就能爬到电话机旁，接兰兰的电话。她八点钟出门买马家豆腐脑，现在差不多快到九点了吧。正是兰兰上班时间。兰兰说，奶奶，我上班前给你电话，我才能放心做事。兰兰前天晚上从武汉回来，偎着她睡了一晚上。兰兰说，奶奶你莫死了哈，等我结婚的时候，你坐全场最高最高的席位，我给你买一件大红色的唐装。

她终于是没能站起来，呈匍匐状倒在了门口，左手抓着那把大钥匙。

再说兰兰吧。说她大闹灵堂。这孩子也没有掀桌掀椅子地闹，她就是哭，哭昏过去两次，抱着奶奶不准往棺材里装。众人凄然，兰兰这孩子从五岁起就跟着奶奶，冷冷热热的，只有奶奶捂着她。二十二年，奶奶是她生命的一部分，现在要装进棺材，从此阴阳两隔，怎么不让人肝肠欲断。众人陪着洒了几回泪。

几个姑姑也有些羞愧，她们的哭太成腔成调，模式化的。我的妈呀，你一辈子吃尽了苦，受尽了累。我的妈呀，儿女不孝顺，没有端好茶送好水。哭词要吐得清晰，就不能放开了号啕大哭。实在是比不上哭昏过去的兰兰。然而，又觉得兰兰有些过分了，一个人活八十岁的寿命，该知足了。放眼看去，儿女辈系白孝布，孙子辈系黄孝布，重孙辈系红孝布，浩浩荡荡，花花绿绿，好一派繁花胜景。四个姑姑往外扯兰兰，兰兰抱着奶奶不撒手。

这局面就有些混乱。不准往棺材里装，那怎么行呢。这孩子大概哭傻了。兰兰的父亲，也就是我们的堂兄远程哥脸色有点挂不住。他小声说兰兰，莫闹了，莫闹。原本只是哭的兰兰头一仰，脸色转为铁青，大叫一声：拿钥匙来。突然这么一句惊天霹雳，众人愣了，鼓乐手也惊吓得停止《世上只有妈妈好》，众人齐刷刷看着兰兰。这孩子果真哭傻了。远程哥问，什么钥匙？奶奶的。兰兰蹦出一声哭腔。大堂姐反应过来，这孩子要奶奶的钥匙做个纪念呢。她赶紧折回房间，从抽屉里翻出钥匙。兰兰接过来，攥在胸口又哭了一阵，然后俯身小心扶起奶奶的头，挂上钥匙，把它们摆在胸前正中间。兰兰做这一切时，四个堂姐、远程哥都像被施了定法一样定定地站着，等他们醒悟过来想去阻止，钥匙已稳稳地挂在奶奶胸前，一个十字架。

《世上只有妈妈好》重新起乐，众人的纷纷言说也裹在音乐里，听不清晰。有些陈芝麻烂谷子的旧事，在这个场合虽然不便重提，但毕竟是块疤，林下村老小都记得。

那年，林下村修村级公路，除乡政府拨付一部分，各家各户也自筹，五十一百地凑。做小包工头的林小黑捐了一万，在中学里当门卫的林建国捐了三百，在车站替人扛包拖行李的林狗娃捐了四百。凑来凑去，还有大缺口。村书记电话联系林下村走出的第一个大学生，国家电力公司工作的林远程。侄儿啊，村里这条黄泥巴路，一下雨烂成一摊淤泥，晴天一把刀，你们回来都不方便啊。林远程说，是应该修，是应该修。我现在忙，等过些日子我汇钱过来。村书记等了十天，又打电话。远程侄儿啊，等着米下锅呀。远程说，好的，我忙完了汇钱。村书记等了二十天，再打电话，打了七遍，没人接。那狗养的东西说他一年到头，只不过在清明节回来上个坟，修不修路跟他没关系。你们说这丢不丢人，丢不丢人，真是丢我先人的脸啊，丢我先人的脸。父亲复述到此，浑身气得发抖。

那年，大伯去世，在父亲的哀告下，林下村老少去城里送葬。按礼节，林远程要给每个来宾送一包香烟。林远程香烟是送了，但分两个等级。来宾送一百块钱礼钱的，他回送十块钱一包的烟，送五十块钱礼钱的，就回送五块钱一包的。他真是做得出来呀，算盘算得精，他不晓得要不是老子给村里老少爷们说好话，人家鬼才愿意去城里送葬。父亲恨得只用脚碾烟蒂。

再往那些年追溯。他一年一次回老家给爷爷奶奶上坟，从不到村里走一走，和乡里乡亲说会话。他上完坟就返城。父母亲跟他去了城里，他一年一次回村里来无非上个坟，和这些活着的村里人没半毛钱关系。他一个城里人，何必和这些乡里人拉拉扯扯，一拉扯上，又是找他借钱又是找他办事，麻烦大了。

这些往昔，梗在谁心里都是一个坎。兰兰替奶奶挂上的那串钥匙现在成了最大的坎。为什么挂呢？有多种可能，林下村老小都在猜测，猜测什么，我不想说了。

有必要说吗？说不完的。

比如说我家的父亲。他那天带了三十份节礼回林下村，领着我和大弟一家一家送麻糖米酒，给老少乡亲赔礼求情，请他们看在他这张老脸上，为他的大嫂送葬。末了，他请求继权哥做主，把原本划为他自己的埋身地让给那个与他誓死不相见的大嫂。那么，有朝一日，他的埋身地又在哪里？倘若他也住在了林家坟园，他和大伯两张苦大仇深的脸相逢相遇了，能撒开腿，各走各的？他们走在一条相同的黄泉道上，又如何各有各道？生是一家的人，死是一家的鬼。恩恩怨怨，扯不断的。就像这世上，永不停歇的死，永不停歇的生。生生死死，死死生生。天荒地老了。

罢了，罢了，喝茶，喝茶。

林下村的数学老师

1

国有国史，县有县志，村呢？好比说我们林下村。林下村也该是有它的世态百相见诸人世的。倘若我来执笔，我想，我断然不会避过夏明圣。

我在林下村读小学时，夏明圣教我数学，这个且不说，先说我们如何欺负他。

他背对着我们，半蹲着身子，在黑板上抄应用题。“甲、乙两人走完 AB 一条路，甲得花费 30 分钟，乙得花费 20 分钟。已知甲从 A 点出发，乙从 B 点出发。甲从 A 点出发走 3 分钟后，发现有东西没拿，返回到 A 起点去拿东西，耽误了 3 分钟，请问甲再走几分钟跟乙相遇？”

夏老头抄完一行，身子向左稍做挪移，接着抄下一行。他写得一手漂亮的粉笔字。这么长的题目，又这么绕口，一个人走路就走路，怎么又返回去拿东西呢？也亏了夏老头肯找这么麻烦的相遇问题作板书。我们翕动鼻子，用力吸着烤蚕豆的香味。教室里正“砰砰砰”地响，蚕豆被炸裂了。林三毛的烘炉里炸开了两颗，他手持筷子稳稳地夹住，快速丢进抽屉。夏报国也身手敏捷取出他烘炉里的三颗蚕豆。

不知道是林三毛还是夏报国提出的烤蚕豆比赛，但这不重要。在夏老头课堂上，任何比赛都可以举行。谁折飞机折得多，谁吐唾沫吐得远，谁打弹珠打得准。比赛五花八门。到了冬天，主要是烤蚕豆比赛。在不被夏老头发现的前提下，比一比一节课上谁烤的蚕豆最多。有时，是烤红薯，拳头大的红薯，要烤得外皮焦黄，内里软软乎乎。

满教室香喷喷的，不时地响起砰砰的炸裂声，林三毛上衣口袋里一满袋子蚕豆备烤，夏报国也是一裤子口袋的蚕豆备烤。夏老头转身写 $v=s\div t$，夏老头低头捡粉笔，夏老头抬头抹眼镜片，我盯紧夏老头动态，在一旁督战：快点，快。蚕豆出炉了。

我们应该叫他夏老师，可背地里，我们叫他夏老头。林下村很多人都在背后叫他夏老头。他不到四十岁，却是一个秃顶，面皮白，说话走路比同龄的男人慢半拍，温吞水一样。说好听一点，是书生气。说难听一点，是个衰老头。迂腐啊，迂腐，他怎么这个样子。林下村的人提起夏老师就摇头，可惜了的味道。要知道，夏明圣可是林下村第一个公办老师。他端起了铁饭碗，是个了不得的人物，村里人仍是摇头惋惜，我们却是喜欢他。我，夏报国，林三毛……林下村小学的一群野小子疯丫头都喜欢夏老头。

说起我们最怕的人，当然是班主任林老师，我的父亲。就我的亲身体验而言，如果一个人既做了你的父亲，他还要做你的小学班主任，那个滋味，有得受了。我的父亲林老师比别人起码多长了两双眼睛，长在脑袋后面。那天语文课上，我刚扭过头和后排的林三毛商量大事，忽听得一声大喝："林竹子。"我浑身一颤，半边身子僵硬，不能动弹。"林竹子"三个字连名带姓呼出来，可不是个好兆头。他不是在板书吗？"站起来！"林老师的声音运行在F大调上。我坚定不动。我不能动，我的身份我的脸面决定了我不能动。"你，给我站起来！"他又喝，声音撕裂成两截，坚硬硬的，穿过屋顶，在教室里炸开。林竹子被炸木了。站还是不站？我不站起来，他就会拿起教科书，冲下讲台，照着我的脑袋，一课本扇过来。林竹子领教过。我站了起来，成全他大义灭亲。

林竹子本来要和林三毛商量灭掉夏胖子。夏胖子是夏家的一个大胖子夏志田。这两天夏志田穿了一条崭新新的黄军裤。夏胖子短肥的腿，套在肥大军裤里，丑到无可救药，可他觉得天下第一好看。星期一穿，星期二穿，今天星期三了，他还穿，穿着显摆给我们看，显摆他家有个当粮站站长的老爹，家里有闲钱。我们不揍他一顿不行。得把夏胖子推进操场旁边的泥坑里，滚一身泥，看他还敢不敢穿黄军裤。因为林老师先灭了林竹子，夏胖子被灭的日子只得往后推迟两天。林老师既然敢灭林竹子，还有谁他不敢灭的！我们得小心夏志田打我们的小报告。每天的快乐，我们只能寄希望于夏老头。

我们炸豌豆，打弹珠，前后左右挪换座位。我们蹿出教室，满操场赶着猪跑。不晓得是学校周围哪一家喂的一头大黑猪，总喜欢往我们学校蹿，啃着一地的灰。你不赶跑它，它就大摇大摆地到我们教室里来了。有时，也要赶着鸡跑。你不赶它，它扑棱着翅膀，几扑棱几扑棱地飞到讲桌上，金鸡独立。“你们啦，你们。”夏老头扶着眼镜架，只是叹气。他不是叹气猪，叹气鸡。他叹气我们。他蛮可以罚我们的站，可以告家长，可以打我们的手心，可以罚抄课文一百遍，所有软暴力硬暴力摆在他面前，他不使用。

画画课上，他面带微笑，坐在讲桌前当模特，我们将他画得奇形怪状，面目全非。头上画出三根毛，像个瘪三；下巴画了两撇胡子，像个二流子；画一张黑乎乎的脸，左手擒了一柄铁叉，像个门神。嗯，不错，不错，有想象力，画家，大画家，接着画，来，接着画。他高兴得不得了，拍拍这个的肩膀，摸摸那个的头，白面皮的脸上泛起一阵阵红润。

唱歌课上，夏老头在黑板上画出五条白线线，“这叫五线谱，五线谱是什么，五线谱就是五条白线线。”我们听得茫然，于是夏老头把我们带到操场上。是一个土操场，雨天两脚泥，晴天一地灰。操场旁边的一棵刺槐树从来都是灰头垢面的。夏老头用脚尖在灰操场上踢出五道平行的灰沟沟。“这五条平行的沟沟，就好比是唱歌课上的五线谱，哆来咪发唆拉西，七个音阶在哪个沟沟的高度有讲究，有的在第一条沟沟上，有的在第三条沟沟上。”我们好像听懂了一点。夏老头又带我们回教室，食指和中指放到肚脐下，做剑指状，用力发出“喝”。他说这叫丹田发声。我们一个个做剑指状，“喝”“喝”“喝”，一群的牛，教室里喝翻了天。班主任林老师不乐意了，他从旁边办公室跑过来，推门而入，拍桌子：嚎什么嚎，快考试了，把《再见了，亲人》抄一遍，抄错一个标点符号，罚抄全文一遍。

说良心话，不能怪林老师惩罚我们。上次期中考试，我们班语文平均分 90.14，够厉害吧，清宁镇十五所小学排名第三，可我父亲林老师仍被惩罚了十二块八毛钱。因为与他上次期末考试平均成绩相比，降低了零点零三分。林老师迁怒于夏老头。作为他的副班主任，夏老头太不像样子了，婆婆妈妈的，把我们给惯坏了。画画课，唱歌课，有什么必要上，拿来上数学课语文课得了，夏老头偏要上，还搬出“提高音体美教育促进学生全面发展”的说法。素描，音阶，曲调，这些专业术语，林老师不懂，夏老头懂，他专科出身。夏老头是林下村小学的万金油多面手，唱歌课，画画课，跑步课，他全包了。别看我们在数学课上，背着夏老头炸蚕豆烤红薯。在画画课上，可不这样，我们像模像样的，画二流子，画门神，画瘪三，一个比一个画得起劲。

林下村的两个老师，林老师和夏老头，两个组合，一个严父一个慈母。要是没有夏老头慈母的“迂”，我们干吗去上那个学呢？不如去看猪跑看鸡飞。看猪跑，还晓得猪后腿之所以好吃，是因为它跑动时用了力，得了锻炼。看鸡飞，还晓得鸡要是不小心飞到刺槐枝丫上，自己就会被刺得咯咯咯地叫。

2

不只是我们欺负夏老师，王翠平也欺负夏老师。当然，事情的逻辑顺序是，王翠平欺负夏老师在前，我们随后。她欺负他的时候，我们尚未成为他的学生。

她怎么能欺负夏老师呢？她跟着夏老师沾了多少光啊。夏老师这位林下村第一个真正的公家人，端铁饭碗，吃商品粮。鲤鱼跳了龙门，了不得啊。王翠平更是了不得，夫贵妻荣嘛。王翠平说“我家明圣说的”，王翠平又说“我家明圣说的”，王翠平有了口头禅，说话时，嗓门又大，声气又足。后来，事情就变了，王翠平说“呸，臭咸蛋”。

事情发生在 1977 年，生产大队书记收到公社指示，要推荐一位民办教师去清宁师范进修。经过大伙的民主推荐和大队书记的集中意见，最后派出了夏明圣。夏老师性子柔，脾气小，没有足够的“杀气”镇住学生，让他去学习锻炼理所当然。私底下，人人都有一个小算盘：留在家里一边教书一边种田赚工分，两不误。哪曾想，两年后夏明圣重回村小，按政策落实下来，化蛹成蝶，成为林下村第一位公办教师。一圈的民办教师后悔得牙都悔掉了。那年，夏老师三十二岁，风华正茂的年月，大好前程不可估量。王翠平风光无限，开口闭口离不开“我家明圣说”。说了大半年，一个女人来到林下村。

女人二三十岁，戴一副眼镜，面色一看就是吃公家粮的，白白嫩嫩。女人来林下村看望清宁师范同学夏明圣。

女人。

外来的女人。

外来的女人找上门来了。

村子里炸了锅。看那个夏明圣闷头闷脑，迂里迂腐的，不晓得他还有这些根花花肠子。有几个妇女寻到王翠平眼前：王翠平，你家来客人了？你家明圣的女同学来了？哪个村里的呀？王翠平，你割了肉杀了鸡没有哇？

王翠平黑沉沉的脸，应道，我杀人。

“你拍拍你的良心，被狗吃了，当初你是个什么东西，现在当了公家人，要反天了？”当初，夏老师确实不是个东西。要娘没有娘，要房子没有房子，一间歪歪倒倒的房子里挤着夏老师两兄弟和一个妹子外加一位老父亲。与王翠平结婚后，靠娘家贴补，才单独做了一座七柱三间的房子。

“她……她，她……就是路过这里，顺便看一下。”夏老师心里一急，嘴巴上就不利落。

“看一下？她怎么不看别人，你好看些？”

“我们……我们同……同桌。”

“呸，你们同桌，你们还同床哦！”

“你……你……你污蔑人。”

“我就是污你了，污你了。王八蛋，让你上个学，还上出个女同学来了。”

“我……什么都没做。”夏老师急红了脸。

“哦，你还要做出什么来，你说，你要做出什么来？”王翠平食指戳到了夏老师的眉心心上。

“我……我又没有叫……叫她，来看……看我。”

“臭咸蛋不破壳，苍蝇能粘上来？公狗不摇尾，母狗能上身？”王翠平一伸手，捞到一个脸盆，猛然掼到猪的身上。猪一声惊叫，一路冲过后门，冲过堂屋，带倒了椅子板凳一大片。

“我瞎了眼啊，我不活了，不活了。”王翠平拍着膝盖跳了两跳，一头朝夏明圣的肚子猛撞过去。夏明圣顺势抱住她，腿一软跪下了。“我是臭咸蛋，我是臭咸蛋。”王翠平的拳头捶打夏明圣的后背，咚咚咚地响。第二天，王翠平就把“我是臭咸蛋，我是臭咸蛋”传出门去。如果找上门来的女人是一介村妇，王翠平可以当个笑话，可女人是女同学，白，嫩，戴眼镜，这就不同了，这是一个阶级对另一个阶级的欺压，一定得打倒。王翠平不信所谓的“家丑不外扬”古训，王翠平需要扬，大扬特扬。在群众的舆论力量下，王翠平获得了彻底的胜利，那几个长舌头的妇人便无话可嚼了。

与王翠平的“臭咸蛋”理论相比，王翠平的大哥要讲理得多。只不过，这理讲得夏明圣头皮发麻，双腿打战。

王翠平的大哥年长夏明圣十五岁，是隔壁王堤村的前任村支书。大哥坐下来，一杯茶，不紧不慢地喝，不紧不慢地讲。从他夏家的父辈说起，说老夏家老王家多少年的世交，老夏家的太婆婆是老王家的叔伯三舅的姨奶奶，说几辈子人都是良善人，然后，转折，怎么会跑出个陈世美。大哥说起夏老师与王翠平从前的吵架。吵什么架，为什么吵架，怎样吵架，夏明圣都忘记了。大哥记得，一条一条扯出来，在空中一抖，灰迹蒙蒙。夏明圣手心冒冷汗，脚底空荡荡无着无落。大哥说这都是前因，才结出女同学这个后果。大哥又说起当年王翠平和夏明圣结婚旧事。结婚第三天，夏家就揭不开锅盖，新婚夫妇回门，王翠平回娘家挑粮食，而夏明圣身上的着装，是王翠平大哥的青色中山装。从结婚当天穿到结婚第三天。大哥说你不用还了，送给你。要不是家里穷得实在拿不出一件像样的衣服，人生头等大事上夏明圣能借大老舅的中山装？

大哥回顾往事，得出结论：如果长了后眼睛，知道一个结婚时连衣服都没有的人是良心被狗吃了的人，还不如不结婚呢。大哥轻言细语，说完了，端起杯，喝了一口茶，放下杯，走了。留下夏明圣一个人痴痴呆呆。他的头忽地被扯大了，又压扁了，最后剩下两只罪孽深重的眼睛，清楚了自己的嘴脸：吃人家的粮食，穿人家的衣服，还欺负人家妹子，良心不是被狗吃了，又是什么？他干吗要和那个女同学多说几句话，干吗要和人家同台唱《红梅赞》呢？清宁师范的晚会上，夏明圣和女同学一曲合唱《红梅赞》获得了掌声雷动。

良心被狗吃了的人，什么事也不能做主。

家里十件事，十件得王翠平做主。稍有差池，王翠平的思维极速穿越，穿越到二百公里开外，穿越到女同学那里，又得寻死，大哥又得来绕理。夏明圣再不敢轻易发话，做事。路上遇到一只蚂蚁，夏明圣的脚提起又放下，放下又提起。这确实是个问题：这只蚂蚁，王翠平要不要踩死它？

3

夏老头固然是“迂”，受尽我们这帮家伙的欺负，然而，一个“迂”的人，他也固执，也犟，犟得无可救药。如此这般，受欺负的，也就轮到了我们。

放学铃死了一样，半天半天不肯响，我们急得火冒三丈，想蹿出教室，怎奈我父亲林老师他兴致正浓，中心思想，段落大意，一丝不苟列在黑板上。“重点，重点，全抄在笔记本上，明天早上检查笔记本。少抄一条罚五遍。”我们就伏案抄，鬼画符似的，乱抄乱抄一气。“好了，下课。”林老师抬脚向教室门跨去，我们猫着腰要往外冲，夏老头堵在了门口。“林三毛，你留下来。”夏老头说，他拿着数学本坐在了三毛身边。三毛的作业本上，一个个红叉叉首尾相连，气势澎湃。林三毛这个铜板脑壳把所有相遇问题的方向都弄了个南辕北辙。“林三毛，林三毛。”我们对着红叉叉嬉笑，林三毛东看看，西瞅瞅，做着鬼脸，得意至极，好像这些红叉叉们由他率领而来，威风八面。

夏老师盯不住一群人，就只盯一个人，一天盯一个。夏老师要给林三毛开小灶了。

夏老师在黑板上画左箭头画右箭头，画 s，画 v，画 t，林三毛瞪着两只大牛眼，一脸的无辜。他的屁股被凳子硌得生疼，他歪着，扭着，趴着。可怜的 $v=s\div t$ 被夏老师写了满满一黑板，林三毛就是油盐不浸，他挖鼻孔，翻眼睛，玩手指。“你呀，你这个铜板脑壳。”夏老师手叩课桌面。“铜板脑壳”是夏老师最厉害的骂词。别的老师会骂我们猪脑壳，狗脑壳，二百五，稀泥巴糊不上墙。夏老师只会说“铜板脑壳”。铜板做的脑袋，硬邦邦的，不留一点缝隙，死不开窍。

六点钟，鸡鸭上笼，牛羊归圈，河里摸鱼该回了，树上掏鸟窝也该回了。林三毛的妈周银喜不见三毛回家。三毛啊，三毛，她急得满村子叫。夏报国幸灾乐祸，留校啰，林三毛留校啰。周银喜一听，跳脚，凭啥留我家三毛的校。妇人两脚生风，杀到学校。夏老师正一手执红粉笔，一手执白粉笔，“你看，你看，红粉笔先跑一小时，白粉笔追上来。”右手速度加快，眼看白就要追上红了……“姓林的，你什么意思，关我家三毛不准他回家。”周银喜一脚踢开教室门。“我们讲……讲追……追及问题。”夏老师一急，又结巴了。“追什么鸡，鸡都上笼了，你还追追追。”周银喜噼里啪啦地关抽屉，卷书包，“回去，回去，上个学上到半夜三更，真是稀奇。”她拉起三毛就走，门被书包带了一下，反弹开，咣当一声闷响。

有好事者赶紧将三毛妈的行径通报王翠平。一番添油加醋，形容夏老师的惨相。真惨啦，真惨，天底下哪有做老师做到这么样惨，这么样不受尊重。通报者扼腕叹息。王翠平一听，心内生火，头顶冒烟。把三碗菜搁进饭锅捂好，王翠平出家门，径直过桥，奔三毛家。在这里有必要介绍一下我们林下村。

林下村本应该叫林夏村，住着两个姓氏，林姓和夏姓。当初在公社报备村名时，不知道什么原因，没有用“夏”，而是用了一个简单的“下”代替。后来夏姓的人为着自家姓氏的尊严，强烈要求镇政府在行政区划图上标注“林夏”。名称虽然改成了“清宁镇林夏村”，但是人们习惯了“林下”，就一直林下村叫下来。两个姓氏的人面和心不和。林氏有了笑话，夏姓必定是要搭高台看的。夏氏有了笑话，林氏也不会视若不见。

再说当年戴眼镜的女同学来访夏明圣，几个林家的妇人凑到王翠平眼面前，问翠平，你家明圣的女同学来了？翠平，你割肉杀鸡了？为首的正是林三毛的妈周银喜，林下村最多嘴多舌的妇人。周银喜说，翠平，你们家明圣那个女同学是哪里人啦，是不是城里人，一看，就不像是我们这农村的人，长得细皮嫩肉的，说话轻言细语。

王翠平立在了林三毛家大门口。

王翠平骂，狗咬吕洞宾，不识好人心。

三毛的妈回骂，狗拿耗子多管闲事。

王翠平骂，一盘狗肉上不了正席。

三毛的妈回骂，黄鼠狼给鸡拜年，不安好心。

王翠平周银喜各执一词，颠来倒去，倒来颠去，闹得鸡们狗们乱叫乱吠一通。当晚，夏老师也没有躲掉一顿好骂："你这个苕王八蛋，真是你妈的一个苕货，人家老师都放学了，你逞什么能，去补什么课。啊，你说，你得了什么好处。"王翠平抓起夏老师的枕头，对准他的头砸去。"滚，你他妈一个苕货，滚。"

隔了两天，夏报国也吃上了小灶饭。一小时六十分钟，半小时三十分钟，那十五分钟多少小时？三十五分钟多少小时？夏老师步步追问，夏报国招架不及。在时间单位换算问题上，夏报国做五题就要错四题。夏报国的妈没有骂人，毕竟同是夏家人，但她说了一句话。她说夏老师，你力气用不完，到田里帮你家翠平去割谷。这话算得上是老实话。王翠平骂起夏老师来，是不管初一十五，人多人少，想骂就骂，张口就来，但王翠平疼惜夏老师来，也是实打实的。她轻易不肯叫夏老师下地，不肯叫他把上衣胡乱塞进满是泥浆的裤腰里，裤管高一只低一只。村里还有两位民办教师，一放下教本就往田里奔，插秧割谷泥巴腿子样，王翠平瞧不上眼。夏明圣好歹是个端铁饭碗的人，而且是第一个端铁饭碗的人，公办人民教师的形象不能丢。

又隔了一天，我也被逮住了。“林竹子，你的括号呢?”我一看，我的答案数字后面又掉了括号。“你要是注意了这个细节，不就可以得清宁镇第一名?”夏老师把我补上的括号用红笔画了一个大大的圆圈圈。上次在全镇数学竞赛中，我以零点五分的落差与第一名擦肩而过。夏老师让我做了十五道应用题，每题答案后面，他只检查那个括号。

论起被夏老师盯住的次数，林三毛首屈一指。林三毛被开小灶的傍晚，林三毛的妈周银喜仍赶到学校急咻咻地骂。林家的人都看不下去了，劝夏老师。“你真是迂腐，你图什么呢，给他补补补，吃力不讨好。”夏老师摘掉眼镜，用大拇指认真地擦边框，边擦边说，“你们别看三毛玩性大，他是真聪明，把他盯紧一点，只有好没有坏”。夏老师的脸平平静静的，不急不躁。土操场上，男男女女的小孩子，跑跑追追，大小灰尘依旧满操场飞。

我，林三毛，夏报国，我们上清宁镇中了。林下村从镇中心小学又调进两名公办教师。夏老师第一公家人的身份不再显赫，只有“迂”像一个纹身，刻在他身上。

4

2003 年 11 月份，时任清宁镇中心小学五年级数学科老师的夏老师接到一张小纸条。他展开纸条，看了，垂下头，攥紧纸条，走回办公室，默默地坐着发呆。一张数学本子上撕下的小纸条。“老师，您可以装容端庄一点吗，不要影响我们听课的心情。”纸条的意思是夏老师的整个形象对不起学生们的视线。胡子至少十天没有刮，花白的头发杂草一样窝在头上。一件皱皱巴巴的蓝色西服褪了色，扯在身上。夏老师真正成了一个“夏老头”。

“夏老师，你来一下。”校长站在办公室外向他招手，校长皱眉头，咧嘴巴，校长像揣着一个刺猬一样，不知道要如何和夏老师谈这件事，从来还没有哪个学生状告老师的形象打扮。校长递给他纸条。“余校长，老师们的形象要不要讲究啊，请看夏老师。”夏老师捏着纸条不说话，校长干咳两声，说：“夏老师，我们，我们这里是中心小学。放学后，你去把头发胡子理一下吧，理一下。”夏老师面红耳赤，“嗯”了一声。

那天夏老师去理发店花了他一天的补助五块钱，胡子刮得精光，头发剪得差不多是个光头了。把自己收拾完，他又去镇上药店买药，买的是胰岛素，骑车赶回林下村，帮大儿子家做晚饭。

这一年春季开学，全市农村中小学合并，林下村小学只保留一二年级，三至六年级的学生并入镇中心小学。夏老师申请留在村里。王翠平说我不需要你照顾，你去镇上。夏老师说我去镇上，哪个照顾你。王翠平说哪个要你照顾，我死不了，你去镇小学，那里待遇高。夏老师说高也高不了多少。王翠平说高一分钱也是高，家里哪里不需要钱？

真的，好像哪里都需要钱。

王翠平的胰岛素需要钱。她怎么就患了糖尿病呢？村里的人说这是富贵病，得大把大把的钱养着。人们隐隐地为夏老师抱不平，真是倒霉，一辈子被王翠平焊住了。年轻时，受她的气，年老了，受她的病。

夏老师的大儿子需要钱。大儿子也是“铜板脑壳”一个，书读不进去，只读到初二年级就出来混日子。混到二十五六岁，勉强结了婚，和夏老师分了家单独过。夫妻俩找信用社贷款去养猪，捉了五十头猪崽关在圈里活蹦乱跳的。眼瞅着一圈的猪，能吃能睡能长，二十几斤长到四五十斤，长到六七十斤，长势喜人。五十头猪再长几十斤，养猪这条发家致富的路就走稳了。却不料一个晚上的时间不到，发了猪瘟，五十头猪趴倒了四十七头。另外三头，强撑了一个上午，也趴倒了。大儿子又去包农田，包下林下村五十亩水稻田。50 块钱一天的人工费请人插秧。秧苗在田里扎下根刚七天，下了大暴雨，一连下了五六天。可怜一棵棵秧苗浮尸一样浮在水面上。

夏老师的小儿子需要钱。他需要钱找一个对象，结一个婚。小儿子在深圳一家电子设备厂打工，三个年头没回林下村过年了。二十五岁，光棍一条，有什么脸回老家过年。起先，一进腊月，王翠平就盼着儿子回。哪有过年不回家的道理？盼了些日夜，在床上辗辗转转，想通了，“不回家”好。不回家，在外喝西北风也没有人知道。小儿子的面子，翠平明圣老两口的面子都照顾周全了。这不，林三毛的妈周银喜趿着拖鞋，嗑着南瓜子，问，翠平，你家老二今年又不回家过年？王翠平说，他们工厂忙哦，天天加班加点。周银喜说，钱这个东西，是赚不完的，叫花子还要过三天年。我家三毛腊月二十就把工人放假了。她啐一声，瓜子壳吐到王翠平脚后跟边上。

夏老师骑车骑到自家门口，左腿一点地，身子一偏，下车。周银喜笑嘻嘻地走上前去按车铃铛。“夏老师，你看你这车，除了铃铛不响，哪里都响。”夏老师笑着回应：“自行车就是骑的，能骑就好，响不响铃无所谓。”“上次三毛回来，要买个摩托车送给你，你又讲客气，不让他买。”“哪里能让三毛瞎花钱，他们在外面赚钱也不容易。”夏老师说着去拿打气筒给轮胎打气。周银喜便觉无趣，嗑着瓜子回桥那边去。王翠平望着她的后背翻了个白眼，吐了一口唾沫，“哼，要是骑了你儿子买的摩托车，还不会被你笑死。”从林下村到镇中心小学有校车接送。夏老师不坐校车，一天可以领到五块钱的补助。

期末考试临近，音乐课体育课美术课一个个被打回原形，副科就是副科，上课也可，不上课也可。既然被称为了副课，天经地义被人霸占的命。语文科数学科主科老师们争着抢着来霸占它们。

“你们小心点啊，谁被逮住了谁负责。”每周一的校会上，余校长重申。

那一天，语文老师上了第一二节课，霸占了第三节美术课。轮到第四节体育课。语文老师因为要批改上节课的听写，无心霸课。体育老师说，夏老师，你不要课？

“我……”夏老师稍有迟疑。

“第四节课，谁来查呀。”体育老师替夏老师做了主。

巡查组走过来的时候，夏老师正在板书奥数公式。人家核对了课表，问了他的姓名，记在本子上，掉头便走。夏老师回过神来，立马追出教室，急唤“同志，同志，你听我解释”。同志头也不回，说，你到教育中心去解释。

巡查组通告镇教育中心，中心主任一个电话，调来校长。

校长又一个电话，调来夏老师。夏老师结结巴巴地说不出一个合理解释。巡查组同志严肃着脸，只喝茶不说话。校长、中心主任压下心头怒火，撇下夏老师，一致对外，对着巡查组赔很多笑脸。中心主任立下军令状，立即全镇整风，才避免了全县通报的厄运。

夏老师罚款三百元，还在全镇教师大会上做检讨。

检讨会在镇教育中心大会议室召开。十五所小学，两所中学，各校派了校长和教务主任参会，几十个人黑压压一群。教育中心的人事干事通报巡查情况。教育中心主任面色凝重，接过了话题，“全国上下在抓素质教育，素质教育是什么，不要说那些大话，素质教育就是是什么课上什么课，课表上的音乐课就上音乐课，课表上的体育课就上体育课，课表上的美术课就上美术课，不能课表上一套，实际上课一套……”夏老师低着头坐在第一排，手里捏着一张写检讨的信纸。这时，有人推门进来。大花袄子，臃肿的身形，三步两步走到余校长身边，抓住他的袖子：“我们家明圣犯了多大的罪呀，值得当着这些人做检讨，你让他丢人现眼，丢人现眼……”妇人甩一把鼻涕到地上，又去抓校长的袖子。夏老师没料到王翠平冲进会场，急得跑过来，向她作揖：我的祖宗……你……你来这里做……做么……么事。又反身向校长作揖：校长，妇人……之见，妇人……

5

期末考试结束了，老师们围在电炉子旁边改试卷。天气阴冷阴冷，铅色的云压得很低了。校长说：“夏老师，你先回吧，待会下雪了不好走。”

“不要紧，我改完了再回。”夏老师取下眼镜，揉了揉眼睛。

老师们放下笔，起身上厕所，抽烟，倒开水暖手。有人拿起一块早餐时剩下的馒头，凑近电炉子烤着。面粉的香味丝丝缕缕烤出来，办公室里暖烘烘的，香喷喷的。

夏老师笑了笑，他想起了夏报国和林三毛。他们噗啪噗啪地炸豌豆，好像就是昨天的事。这两个小子，顶着铜板脑壳在世上混，混得有点人模人样了。夏报国人如其名，读了军校，穿了军装，保家卫国，做到了团级干部。林三毛，天海棉纺有限公司董事长，去年拿出二十多万为林下村小学建了一个橡胶跑道，还建了一个儿童游乐园。组合滑梯，海盗船，过山车，弹簧床，旋转木马……电视里面有的器材，林下村小学也有。林三毛说这叫亲子儿童游乐园。亲子这个词，大伙觉得很稀奇。但旋转木马上，一个爸爸搂着一个孩子，一个妈妈搂着一个孩子，转啦转，转啦转，大伙觉得很好玩。村书记抓住林三毛的手致谢，“林总，你这一出手，我们林下村小学比镇中心小学还要好。村小的学生要向你这个大大师哥学习。”林三毛哈哈哈大笑，“哎哟，要谢，就谢我们学校的明圣老师。那时候，明圣老师给我开了几多小灶哦。”夏明圣连忙摆手，“是你听话，你自己成器。嗯，这个跑道有弹性。”夏老师双脚踩在橡胶跑道上，用力蹬了蹬。

铅色的云压得更低了，校长说，“夏老师，要下雪了，你快走快走”。夏老师把面前的卷子数了数，说，“还有三十一张，我改完了再回”。校长说，“你先走，先走，我让其他老师改”。夏老师搓了搓手，说：“麻烦别人，不好。”校长说：“你莫婆婆妈妈的，快点回去，快点。”夏老师又核对了一遍改过的试卷，说：“那我先走一步，明天我早点来帮忙填成绩单。”校长说：“不用不用，我们今天加个班，连夜弄出来。”

夏老师离开学校不到一个小时，余校长接到了派出所的电话。

4点48分，夏老师骑车回到家里，王翠平赶紧用毛巾把他头顶上的雪打干净，又递给他一个热水袋子暖手。夏老师冻得直跺脚，嘴里呼呼地冒热气。王翠平给他说了小儿子的电话。小儿子买了腊月二十五的火车票。“你还不晓得哟，这次回来，他不是一个人。”王翠平高兴得合不拢嘴巴。“不是一个人？”夏老师问，他把热水袋子又去捂脸。“他今年带一个女伢一起回来过年，这意思不明白？”王翠平嗔了他一句。“回来好，回来好。”夏老师直笑。他捧着热水袋子在堂屋里走了两趟，忽地放下热水袋，去推自行车。“去哪呀，这冷？”“镇小。”“现在还去搞么事？”“有点事。”夏老师推车出了门。

5点20分，夏老师弓着腰用力踩踏板，骑车走在白雪覆盖的小路上。逆风，风呼呼刮着，夏老师心里着急，愈发使力，整个人近乎趴在车上了。他刚才在堂屋转圈圈，猛然间想起了试卷上一道选择题，它的答案应该是B。下午改试卷时，却误判成了C。他现在必须赶到学校去纠正过来。等老师们连夜把成绩填写在成绩单上，明天再做修改，工作量就大了。

从林下村小路拐上镇公路，得上一个斜上坡。夏老师埋头骑车赶路，一辆小汽车正从乡镇公路上拐下来。自行车撞了上去，夏老师口袋里的钢笔被甩到一边，几十滴红墨水溅在雪地上，滴滴鲜明。

糖尿病患者王翠平抱着夏老师的头，哭一声，骂一声：“我苦命的人，我的死鬼，我叫你不去，不去，你不听。你偏要去学校，把命送了就好了啊。我怎么办啦，死鬼，你走了，谁给我买药，谁给我打针？”余校长垂首呆立一旁，除了“节哀”二字，不敢再多言语。有一句话他没来得及告诉夏老师：年末的学区会议上决定，下学期夏老师调回林下村小学，一切待遇补助和镇中心小学一样。

大雪纷纷下，林下村的小麦地白了，豌豆地白了，林下村小学的橡胶跑道白了，旋转木马白了。

天地，白茫茫一片。

一桩落水事件

1

一三得三，二三得六，三三得九。

一五得五，二五一十，三五一十五。

一八得八，二八一十六，三八二十四。

一群人在算账。

他们长椅子坐，矮凳子坐，坐在我家门前。昨天晚上六点多钟，我回清宁镇老家，刚放下行李包，他们就来了。他们是我曾经在这个镇上中学任教时的旧同事，还有两个我今天才见上面，是调进镇中不久的老师。这一群人觉得有义务给一个作家提供素材，讲讲各村湾各乡镇的新闻旧事。何况这件事，确实是件了不起的谈资。我又认识他，还有过些许的交集。

外加四十个月工资？

四十个月？不对，不对，补发四十个月工资得是因公牺牲的，他那算不上因公牺牲。

那最少也可以发二十个月。

二十乘以二千三百五，喂，他的工资是不是二千三百五？

上个月刚加的工资，二千五百一十。

二千五百一十乘以二十，再加上五千块的丧葬费，五万五千二。

看样子，他们是要核算出一个精准数据，才给我讲述这件事情。

五万五千二。有人重复数据。

五六万块钱，不少啦。有人在感叹。

什么五六万，谁五六万？我问。他们计算得这么热烈，像是得了一笔意外钱财。

汪公公。

汪公公？

汪作成。

汪作成汪老师啊？

不是汪作成还有哪个，汪公公啊。与我初次见面的一个年轻老师说道。论年纪，汪作成可以做这个年轻老师的父辈了，但年轻人直呼他的名，直呼他的绰号。莫非他也晓得了“公公”的来历？年轻人脸上带着戏谑的神情。男人裤裆里的那玩意被阉被割，一丁点的杀气都没有，不是一个公公，是什么？九年前，我在镇中学任教，“汪公公”这个名字就在我们一伙人中暗自流窜。我们嘛，一群打了鸡血的人，男的，女的，都打了鸡血，从早到晚打鸡血。而他，自然是要被称为汪公公的。

汪老师怎的？

死了。

死了？么样死的？

掉到河里淹死了。

也不一定哦，说不定是他自己投的河。

哎哟啰，你看到了汪作成的遗书？证明他蓄谋已久要寻死？

你也没看到他的遗书啊，白纸黑字，你看到了？几页几行说他不会投河自尽？他经常在河边走，都没出事，偏偏那天就不小心掉下去了？

不怕一万，就怕万一。万一那天他不小心了呢？

为一份寻不到的遗书，两个旧日同事大逞嘴巴功夫。

不争了，不争了，争个狗屁，人家坟头上的草都长一两尺长了，你们还争争争的！是他投的河也好，是他一不小心掉到河里也好，反正捞上来，就是一个死人，一个死尸。有人打断争议，下了总结（我记下总结人的话，我数了数，一共七十五个字，连同标点符号。八个逗号一个感叹号一个句号，它们陈述了一个人的死亡。)

一群人的口述远远不止这个数字。这个你可以猜到。惋惜，感叹，追述，算账，抱不平。一个人再短暂的一生，一连串起来也是可以讲成一个小中篇。

2

那一次，我们被校长集体训斥，有他吧。

没有。

有。

没有。

我发誓，真的有他。忘记了？被训完后，他低着头一个人走在那条田埂上，我们几个不要脸的，仍是像几只斗鸡，雄赳赳的。

哦，是的，是的。

意见终于统一，汪作成确实被训斥过。我们连累了他。从校长办公室出来后，他和我们分道扬镳。他蔫蔫地，低着头，从学校后门走出去，走过一条小路，穿过一条田埂，走到河边去。

类似这样的回忆多起来。有点是，有点非，有点是是非非。一大堆的沙锅被打破被问了底。那次那次到底如何如何。搭高台看大戏的人如此执拗，台上演员却是混沌。有句老话叫捏着鼻子哄眼睛，意思是自己糊弄自己。一个人不想追问真相了，通常就捏着自己的鼻子哄自己的眼睛。汪作成就是捏自己鼻子的人。

比如说这个问题：汪作成的老婆在外面打工，汪作成应不应该不快乐？

汪作成的老婆常年在外，有时在一个电子厂里做流水，有时在一个工地上帮忙做饭，有时在一个餐馆里做帮厨，有时在一个超市做收银员。总之，中国广大的土地上，无论哪个角落里，都搁得上这么一个打工女人。打工嘛，又不是上五星级酒店，没有那么多挑挑捡捡的。遇到工就打，遇到钱就赚。汪作成的老婆李菊仙是个机灵人，不会放过任何一个赚钱机会。“床上生得出钱来？你生个钱老子看看。”李菊仙这么一怼，汪作成就只能撒手让她出门。

李菊仙出了门，汪作成吃学校食堂。

汪作成一手拎一个白色洋瓷碗，一手捏一双筷子，晃到食堂打饭。老耿师傅在打菜窗口那里扬声叫他“汪老师，汪老师”。汪老师没有听见，食堂里太吵闹了，几十个，上百个学生仔正推推搡搡地你叫过来我呼过去。原本排好的打饭队伍被某些“刺头”插队，捣乱，搞得歪歪扭扭，七零八落。汪老师要穿过学生队伍，穿到教师窗口，东穿西穿，穿不过去，三两个刺头分子挡在他面前。老耿师傅操起铁菜勺，敲装菜的大铝盆子，“铛，铛，铛”“铛，铛，铛”，她又扬声叫“汪老师，汪老师”。汪作成听到了，他左手扶着眼镜，右手捏紧了碗筷捂在胸前，侧着身子，又穿，他站到了老耿师傅窗口前。

菊仙又出门了？

嗯。

又是到哪里？

她说到武汉一家餐馆帮忙。

汉口还是武昌啊？

她说在汉口。

哪一家餐馆？

她说……她说在好……回头客餐馆。

都是她说，都是她说，你呢，你不知道？菜勺子狠狠地扣到汪作成碗里，一大勺辣椒炒瘦肉。老耿气哼哼地咬了牙齿，低声说。

是在回头客，回头客餐馆，我晓得是在回头客。汪作成脸上挂着笑，边说边点头，强调“回头客”的确定性。

她把你骗得卖了，你还要帮她数钱！又一勺子鸡蛋炒番茄扣进碗里，堆成了小山尖。

汪作成刚要去说谢谢，老耿已经扭身去端另一盆米饭了。汪作成端了碗，寻最角落里一张饭桌前坐下。老耿摇头，说，我真是服了，世界上还有这样的男人。

老耿号称“镇中第一勺”。芳龄五十又六，厨龄一十又八。清宁镇中学开办食堂以来，她就在职。真正的一个食堂元老。镇中一茬茬新学生新老师，大家都怕她。她个大，高而壮，像个篮球健将。关键是她总能把你问到哑口无言。谁把没吃完的小半碗饭给倒了，她说，你老子娘不是个泥腿子，不是面朝黄土背朝天？谁把不合口味的菜挑出来，她说听说皇帝才是山珍海味地吃，是吧？谁吃饭时叽里呱啦说不停，她说，还有饭菜堵不住的一张嘴？她铁塔一样的身形，又成天黑着脸，哪个不怕她？比如说我们，我们到另外一个师傅杨师傅的窗口打饭菜，到离老耿师傅远远的饭桌处吃饭。我们在食堂最东头，汪作成在食堂最西头。

都是当老师的，为什么这么大区别。老耿头伸出窗口，扭过头向我们这边瞅，心里想不通。我们该笑的还是笑，该说的还是说。不过，饭菜倒是不能轻易浪费。老耿训得对，不能成了公家人，就忘了农民的本。再说，当她笑眯眯给一个家境差，只能买五毛钱萝卜白菜的学生碗里扣上一大勺排骨汤时，她那张脸一点都不可怕，近乎一个老年人的慈祥。

老耿给汪作成扣大勺子的肉肉蛋蛋，实是为他叫屈：一个男将，管不了一个女将，成天的不快乐，像个么样子。说起来，老耿和汪作成有一层亲戚关系。李菊仙的二舅妈与老耿是叔伯的姑舅老表。

老婆李菊仙那样漂亮，而且人来熟。这样的老婆放在外面，你试试。你快乐吗？

不放出去？不放出去，李菊仙不快乐。“树挪死，人挪活”，李菊仙说。李菊仙总是有道理。汪作成一个公办教师，李菊仙一个家庭主妇，这样的组合，在镇中称为“半边户”。镇中的半边户家庭还有三对，人家老婆洗衣做饭，打个小麻将，日子过得稳稳妥妥。李菊仙不，这么大一个世界，把一个人困在一个地方，要把人困死。李菊仙被捆住了脚手，脸上一点笑意都没有。没有笑，脸上也就没有光，她的美貌也就减了几分。成天服侍老的照顾小的，一个老妈子角色，凭谁也笑不出声。李菊仙闹闹腾腾要去闯世界。李菊仙待字闺中就是一个热闹人，大说大笑，是镇上数一数二的大美女。因为美嘛，有恃无恐。想笑就笑，想说就说。结婚，生女，耐着性子安心了十多年。女儿汪芬芬读五年级那年，李翠仙去了广州。

汪作成不能绊住李菊仙的脚，每当看到老婆那张不笑的脸，他也难过，不开心。

所以，归根结底，汪作成只能选择自己不快乐。

孤家寡人的，从家里出门上班，不走大路，拣一条小路走。一条田埂小路，两边作物从绿油油的禾苗，到黄澄澄的谷子，到空无一谷的冬眠地。汪作成日夜不息走在田埂小路上。又从田埂上走到河边。河水哗哗，他只是走他的路。河边走一趟，折回田埂小路，再走。（他夜里也走得，稍后，我再来说这个夜走。）

孤家寡人的，从办公室走到教室。说汪作成孤家寡人还不太准确。教物理的刘老师就孤家寡人，但刘老师趾高气扬，很有点“寡人”的威严。他腋下夹两本教材，眼睛笔直看路，“刘老师好！”学生向他问好，他鼻腔发音“嗯”。同事打招呼“老刘，上课呀”，他还是鼻腔发音“嗯”，只不过添了一个点头动作，点头的幅度很小，下颌稍稍点了一下下。“数学，呵，还有个什么语文，呵。物理，物理是祖宗，是基石，是一切自然科学的基础。你拿个宇宙来，我们物理能研究，你拿个基本粒子来，我们物理也能够研究。”有一次，刘老师喝高了酒，气宇轩昂地发表物理学科的基石论。他也不管周边坐的一圈数学老师语文老师。刘老师书教得好，又教物理。他目中没有人，只管趾高气扬地去孤家寡人。汪作成不是，他孤家寡人，他郁郁寡欢。

汪作成喜欢一个人待着。

李菊仙一出门，就带走了他的魂。没有魂的人不喜欢人多，不喜欢在太阳底下笑，不喜欢在人多的时候说话。人走到他眼面前，鼻子碰到他鼻子了，喊他“汪老师”，他才勉强一笑，苍白的脸上浮起一抹笑，又僵硬，又恓惶。

老耿这样刀子嘴豆腐心的人，难免要禁不住责怪他心疼他，就像自己的幺儿子受了气，婆婆要替儿子出头，又掐不住儿媳妇，眼睁睁看着幺儿子孤零零落难。

食堂最西头，汪作成低头吃饭，无声无响。

3

汪作成老师和我们这群“斗鸡”走近，全仰仗老耿的督办。

“斗鸡”中的李好运1992年镇中学毕业，1995年师范毕业，回到镇中任教，从前教他的老师变成他的同事。李好运教初一（3）班数学，汪作成教初一（3）班语文。一次食堂开饭，老耿敲着菜盆子说，李好运，我记得汪作成当时教过你吧？李好运说是的是的，我的班主任，来来，多搞两块鱼。李好运嬉皮笑脸，把饭盒伸过去。老耿一勺子挖下去，挖了七八块烧鱼块。老耿说，你呀，你这个做学生的，莫只晓得自己玩得快活。

我们再打麻将时，李好运把汪作成拽到了单身汉宿舍。宿舍里打牌的，看牌的，十二三个人，比菜市场还热闹。嗑瓜子，喝茶，抽烟，八卦，抹牌，洗牌。赢了钱的得意扬扬，输了钱的拍桌子，“李好运，你这个家伙，肯定搞了手脚，七对吊八条，第四个八条怎么偏偏被你摸了。汪老师，你帮我们盯紧一点，我就不相信他的手艺”。李好运说，“个老子，人不中用怪刀钝”。输钱的说，“汪老师，你看看你的学生多嚣张，我来帮你给他点颜色看看”。输钱的说着站起身，伸到桌子对面去拍李好运的头。李好运偏过头去躲，输钱的还抻着胳膊赶着拍，把一桌麻将扫了半桌到地上，砰砰砰地响，赛是下大暴雨。“斗鸡”们乐得前俯后仰。汪作成就笑了，整张脸松弛下来，笑得比较活泛。我们打麻将纯粹是为了发扬国粹的娱乐精神。谁赢谁请客，客请豪华了，如一个人一碗猪肝汤，外加一瓶啤酒。赢的一分钱也保不住，还得倒贴十几块钱。

又下晚自习，李好运又堵到教室门口，“汪老师，走走走，今天我再把那几个鬼家伙的口袋掏空。”汪作成说，“算了，我回去，回去睡觉。”李好运说，“哎呀，瞌睡不睡还在那里，跑不了，钱不赢就跑了。走走走。”李好运右臂搭在汪作成肩膀上，半是绑架半是簇拥，两人到了宿舍。

那天是星期三晚上，李好运说，我们到汪老师家去打牌哟。大伙就起哄，乱嚷乱叫，去哦，去汪老师家。李好运意在开辟新战场，避开某两位老教师的不满。两位老教师咕咕哝哝，说一群年轻人一疯疯到半晚上，吵得人睡不好觉。汪作成面有难色，一群人到他家里？他怎么招待？老婆李菊仙不在家，家里比狗窝还乱。我们不管狗窝不狗窝，只是跟着汪作成走。汪作成走了大路，这么些子人不可能和他一起挤到那条窄田埂上。

大伙一起动手翻找出李菊仙打过的麻将，抹桌子上的灰，凳子上的灰，沙发上的脏衣服拿走，换了一个二百五十瓦的白炽灯泡。收拾完毕，四个人东南西北就座，舒舒坦坦开局。汪作成要去买瓜子买茶叶，李好运说，不用不用。马上就有人从一个袋子里掏出自备的瓜子茶叶花生。汪作成红着脸说，我家菊仙出门做事去了，这……这……都没有。教政治的黄三平说，有自由啊，和我们一样单身汉，自由自在，多快活。汪作成说，是的，是的，自由，自由。黄三平说若为自由故，可把老婆抛。汪作成的脸更红了。

那天晚上，汪作成转着圈地给大伙泡茶，看牌。大家哄笑时，他也笑。一副清一色的牌摊在桌面上，大家分析可以赢哪几张牌，是赢一四五筒，还是赢二七九筒。他看着牌，说，赢八条也可以。大家兴致空前高涨。推牌散场时，早上七点钟只差十分钟。一群人进厕所里撒掉一泡热尿，进厨房里拎开水龙头，往脸上抹几把冷水洗了脸。随后，三三两两，说说笑笑去街上吃早餐。赢家的请客钞票摆在油乎乎的桌上，一人一碗猪肝瘦肉汤外加一个荷包蛋，一人一瓶啤酒，有的还要两瓶。汪作成老师也是一碗猪肝瘦肉汤，他不喝酒。他一喝酒就面红脖子粗，进不了教室。

早自习，大伙安然无事。下了早操，政教处的小李老师跑了三个办公室，将昨夜的四个赌徒，三个看客一一请到校长办公室。

为人师表，为人师表，你们这叫为人师表？校长开始就拍桌子，打一晚上，啊，你们，你们还喝酒，满街的人都晓得了。校长拍着桌子吼。校长快六十岁了，原来脾气大，动不动雷霆大作，近期想到要退休，给部下留一个良善印象，脾气收敛了许多。这次忍无可忍，不拍桌子不行。校长一生为民为官，堂堂正正，一身正气，到最后被百姓非议他带的兵打牌喝酒样样来，他几乎要晚节不保。

老校长正在吼，一个“斗鸡”举起双臂，打了一个长长的呵欠“啊喔……”酒气也跟着扑出来。另外两个“斗鸡”笑了，一个鼓着嘴巴没笑出声，另一个“呵呵呵”。顿时，屋子里的沉闷气氛有些松动。有人扭了扭脖子，有人挪了挪步子。（大伙全站在校长面前，校长让座了，大伙有自知之明，不坐）你们叫我怎么说哩，老校长叹气，你们都还年轻，还有几十年的教学路要走，你们不是不能打牌，不能喝酒，是要有节制，搞的学生家长议论，就不好听啊，啊，不好听啊……

眼见老校长和风细雨了，“斗鸡”们就很是谦卑地说，我们下次注意，下次一定注意。六个“斗鸡”放回办公室，汪作成老师单独留下。一个小时后，汪作成低头耷脑走出来。据说，老校长非常非常严厉地批评了他，一个三四十岁的人，和一群单身汉混在一起，还提供麻将场，像什么样子？虽然说你们家李菊仙出门了，但你汪作成好歹也是一个结了婚的人，能和他们混在一起。你看他们一个个吊儿郎当的，你去学？他们单身汉年轻，不明事理，你也不明白事理？明知道第二天要上课，还打牌还喝酒。你没喝酒？你没喝酒，也是错。你结了婚，他们单身汉，别人议论起来，你就是一个带头的。

从校长室出来后，汪作成头一直低着。他低着头走在田埂小路上。我们几个不要脸的“斗鸡”，还是不要脸，若无其事去食堂吃饭。那天，汪作成没有去食堂吃午饭。

4

汪作成又回到了一个人走田埂走河边的日子。

如果他是一个诗人一个作家，走一走田埂，走一走河边，找一找灵感，还情有可原。我们镇中有文学涵养的老师还是有的，他可以给出汪作成老师一个恰如其分的评价。问题是，大刊小报的，并没有发现汪作成的名字印成铅字。或者汪作成老师是一个城市人，从来没有见过麦苗长出麦子，麦子磨出面粉，面粉做出馒头。像皇帝发问“老百姓饿死了？他们没饭吃，怎么不吃肉呢”？汪老师土生土长的刘杨汪村人，田里的蚂蟥，田里的插秧割谷也见了几十年。

他竟然走田埂。

人们吃完晚饭，站在自家阳台上，向远处望，就望到窄窄一条路上，行走着一个男人。他穿过一条田埂，走在河边。两只手捉在胸前，或是两只手垂在身边。身架松松散散，仿佛走到哪里算哪里。人们的视线要是足够清晰，能看到有一些莫名的忧伤，无助，无方向感，映在眼眶眶里。天边的晚霞隐没了，村庄，稻田，猪圈，鸡窝，大路上走的人，全笼罩在半明半暗中，汪作成也半明半暗了。夜色彻底降临，河边，一个人还在走。

他从这尘世里脱出了壳？他不属于柴米油盐？二十一世纪刚开头，2000 年初，“抑郁症”尚未人人知晓，不像现在一样，每个医院大门口都竖着一个大牌子，牌子上面写“抑郁症筛查通道”。一个与大伙格格不入的人，大家给出的定义，只能是“作”。做作，造作，作秀，作态。一个大男人，哎，公公，“汪公公”。

语文课堂上，汪作成老师不应该被叫作汪公公。他有血有肉，爱抑扬顿挫，爱落泪，爱微笑。总之，他爱激动。一篇篇饱含深情的文章都不能让心激动，那不成了物理学的压强浮力那些生硬的东西？汪老师有自己的一套激动论，装在心里，他不和镇中最傲慢的刘老师去理论。

但他确实遭到了打击。

有一天，学习朱自清的《背影》，他读到“我身体平安，唯膀子疼痛厉害，举箸提笔，诸多不便，大约大去之期不远矣……”他红着眼圈，声音有点哽咽。底下响起了笑声，笑声渐渐响起，一点点忍着的，像被一点点吹大的泡泡。噗的一下，泡泡破了，笑声溢满整个教室。有学生笑，有学生捏着嗓子“大约大去之期不远矣，大约大去之期不远矣”。

你……你站起来。他右手食指点着那个笑得最厉害的学生。那学生模仿他的哽咽，用手拭眼圈。

你……你……你站起来。他满脸惨白，右手发抖。

起来，站起来。邻座的人规劝那个模仿者。

学生歪着脖子不情不愿站起身，他斜着眼睛瞅了瞅汪老师，一瞅，瞅到他抖个不停的手指，学生没忍住，哈哈哈，哈哈哈。他笑得彻底崩溃了。安静下来的教室又被打破。哈哈哈，哈哈哈。无数个哈哈哈沿着墙壁，黑板面，东一下，西一下，乱撞乱响。

这个在课堂上容易激动的人，失去了与学生斗智斗勇的控制力，课堂变得混乱。学生们溜出去到网吧打游戏，溜出去到街上逛。那些留下的，或是传情书纸条，或是趴在桌上睡觉，或是看言情小说，各得其乐。

他又改教地理，改教生物，改教历史，最后改教初一年级政治。初一年级政治在中考时占分比例不大。

每周一的教师大会，他坐在角落，望着窗外，面色落寞。

那时，我已调回镇中教书，不到一个学期，就获得了学生的首肯。我也容易激动，容易仰天长啸，低首沉吟，可那些刺头学生们说一个女老师的激动与一个男老师的激动是不相同的。一个天上，一个地上。何况，我还年轻，还有一点点的漂亮。（这不是我自夸，是那些不再溜出去打游戏的男生说的。他们当年也没说，是很多年后，他们上了大学，上了班，抽了宝贵的时间来看望我这个已近中年的女人。他们如此这番地说，大概是为了安慰一个女人逝去的青春）异性相吸，多么伟大的定律，它直接促成了语文成绩大翻转。汪老师改教地理后，我接手他的语文科。期末考试，我班语文成绩从全校倒数第一名逆袭到顺数第一名。

就这样，我和汪作成老师多多少少有了关系，就像一个养母和一个生母。初一（3）班是他最开始接手，败了，我插进来，赢了。孩子只听养母的，生母脸往哪儿放。汪作成老师再看到我的时候，眼神扬了扬，准备笑一笑，但扬了一寸，又耷拉下来。我看到一张拘谨的脸。

我见汪作成的第一面，就为他的衣物叫屈。他体形算不上魁梧，看上去却像一个裂口的粽子，粽子皮破了，肉馅溢出来。一件灰色的毛线衣过于紧实，裹着他，左袖口露出一个线头，胡乱打着结。一双皮鞋灰扑扑的，面目不清。李菊仙要是在家里，肯定不会让他把灰色毛线衣当外套穿，那是冬天时穿在袄子里面的，可是，李菊仙出了门。

5

李菊仙出门在外，两三个月，或是五六个月回一趟家。

这么多天不在家，你说，能发生多少事啊。那么漂亮的老婆。

菊仙还没回家，还在“回头客”？老耿问，她拈起围裙擦一双油兮兮的老手。

回……回头客？不在，不在，到广州去了。汪作成结结巴巴。“回头客”已经是一年半之前的词了，他脑袋短路，有点接不上。

广州啊？

嗯，广州。汪作成嗯完抬脚就走，不给老耿追问的余地。

没回家的还有他的女儿汪芬芬。汪芬芬勉强读完初三年级上学期，一转身，投入到滚滚南下的打工妹大军。汪芬芬辍学这件事不能怪汪老师教女无法。数学，物理，化学对汪芬芬太不友善了，简直是要她的小命。听到数学老师讲勾股定理，汪芬芬肚子就疼得厉害。真疼。这个有科学道理，心理上的畏惧确实能带来生理的极度不适。有的人头疼，有的人脚疼。汪芬芬肚子疼。汪芬芬趴在课桌上，拳头紧紧地抵住肚子，额头上一个劲地冒冷汗。

汪芬芬比她母亲李菊仙更漂亮，更人来熟。她必须更漂亮，更人来熟。母亲李菊仙在她读五年级的时候就出了门，她怎么能不更人来熟，更漂亮？浩浩荡荡的打工大潮中，她遇到的，无非是男生，男孩子，男人。

汪芬芬出门两年后，2002 年五月份的一天，回到我们清宁镇上，大着肚子。汪芬芬身后跟着一个小男人。男人本来就不大，十九岁。如果不是让一个女生大了肚子，应该是个男生。但大着肚子的女生让他成了一个小男人。小男人红着脸，青青涩涩的，“叔叔好。”他们回来生小孩。小男人老家在广西柳州山里，一个没结婚的哥，一个失去另一半十多年的老父亲，两个光棍汉侍弄山坡上的几亩甘蔗地。汪芬芬不可能去山沟沟里生孩子。

他们拿了结婚证没有？

拿了。

没拿吧。

拿了的。

没拿。

拿了。

如所有的事件一样，看戏的人还在执拗，演员仍是混沌。街坊邻里明里暗里在探探究究，汪作成老师又一次捏住鼻子，做了一个莫名其妙的准外公。

汪芬芬临产前三天，李菊仙回家了。

一头披肩大波浪长鬈发，栗子色，发尾金黄。两道眉毛黑黑漆漆，如黑卧蚕。白脸，红唇，烈烈焰焰地烧。耳边，两只大圆圈圈的银色耳环来回地晃。李菊仙起先是骂，骂汪芬芬，你贱啦，你自作自受，不敲锣打鼓娶你，你还帮人家生孩子，你贱！再骂汪作成，你呀，你个当老师的，你又不怕丢脸，你教出来的好姑娘！李菊仙不骂广西的小男人。骂这个小男人能解决什么问题呢，自己的姑娘贱。骂跑了这个广西男人，更让街坊邻居看笑话。李菊仙心里有一杆秤。

2003 年，我调离镇中，去一所城市学校工作，人模人样当了学校的一个中层干部。每周一的晨会上，要发个言，总结上周得失，规划本周工作。打整夜的麻将，斗鸡似的在街上晃，这些风月一去不复返。偶尔追忆往昔，惆怅满怀：有些灵魂它需要斗鸡般的热血，无关功名。也许就是在这样的境地中，开始了我的写作生活。我有些想念晚风，想念晚风吹过稻田，两边稻田的田埂上，走着一个人。

不可避免的，我想到了汪作成。

映在那眼眶眶里的忧伤，无助，无方向感，我能不能叫出它们的名字？在这热血沸腾的世上，一个人独自活着，除却无助，还有没有一种情绪，叫孤傲？孤独的骄傲。

偶尔回镇中，我问起汪作成。大伙说，还不是那个老样子，霉头霉脑的。我说他老婆呢？大伙嬉笑，李菊仙啊？李菊仙出门赚钱啊，汪作成的屁眼又生不出一个钱来。

2008 年 3 月份，我回镇中。当年的老校长半夜里脑溢血发作走了，我去送葬。老校长坐在镜框里，一脸的微笑。烧了三炷香，磕了三个头。想起老校长昔日的容颜，和他的苦口婆心，我不禁黯然神伤，和旧同党草草几句，便回家去。这一刻，我不愿与更多的旧友故交碰面问好。我折转身，从学校后门出去，走上一条田埂。心里突然一惊，这田埂，我是熟悉的。果然，没走到十几米，就看到田埂那端，一老一小两个人向我这头走来。

竹子老师回来了！他有点惊喜。

是，是，汪老师你……我望向他的身后。一个孩子，六岁左右，黑漆漆的大眼睛，他瞅瞅我，没瞅到他感兴趣的东西。他蹲在地上，用一根细细的树枝戳着田埂边的一个洞。三月份的水田，泥鳅鳝鱼在洞里待不住了。男孩子想戳出一条泥鳅来。

我外孙。他说。我注意到他的头发都花白了。

呵呵。我笑。

呵呵。他笑。

我们应该说点什么，可是我不知道应该说点什么。问候他的家庭，问候他的学生都好像不对。

前段时间，电视台做你的专访，我看到了。你得了一个奖，不简单啦，竹子老师。他忽然说起得奖一事。

哪呀，小奖，小奖。

真不简单。

哪里。

你发表在报上的每篇文章我都喜欢。你不知道吧，我年轻时也喜欢写点东西。他一脸的诚意。

多谢汪老师你关注。

我，我也喜欢写点东西。竹子老师，我把我的 QQ 号码给你，你加我，帮我修改修改里面的文字，好不好？他的脸忽然就红了。

我还没说好，他就拿起笔低头写起来。我这才发现，他的衬衣口袋上竟然别着一支钢笔。

太作了，口袋里别一支钢笔。我想起人们这样议论他。

人们有好长时间可以不议论他。有更多新奇人新奇物分散人们的注意力。他只是时不时弄点小动静出来，一不小心，又成为谈资。人们打麻将打累了，喝酒喝到兴头上了，都是需要谈资的。

有段时间的田埂上，多了一个身影。那是另一个老师。男的。和他一样的留守男人，一样的镇不住学生。

两个大男人。呸，作。

两个公公。呸，作。

他们一起走了将近小半年的田埂。后来，那个男老师的老婆回家了。田埂上只剩下他一人。有时，带着他的外孙。他的更漂亮更人来熟的女儿走得很远了。汪芬芬给孩子喂了半年的奶，就又出了门。留给汪作成老师一个非婚生外孙，没有户口的黑小孩。听说，她现在和另外一个男人在一起。嫁，还是没嫁，说不清楚。那个男人是东莞的一个鞋厂老板。至于那个广西小男人早就成了过去时。清宁镇上的人说，她还是不够聪明，最开始就应该是给一个老板生一个孩子。两个十几岁的小屁孩子竟然被什么爱情砸中了一回，竟然生下一个孩子，傻，真傻。

喏。他将纸条递过来，工整的九个阿拉伯数字。

竹子老师你加我为好友吧。他说着，去伸手拉住那个没有户口的黑小孩。孩子低着头专心地戳洞，头都快钻到田里去了。

6

国家补助的五六万块钱中，李菊仙起码可以分四五万块。

她分四五万块，那汪芬芬，还有汪作成的父母分多少？

还有钱分给他父母？你想得美。

我国法定继承是有顺序的，仍旧在镇中教政治的黄三平说，第一顺序配偶、子女、父母，第二顺序兄弟姐妹、祖父母、外祖父母。

莫谈那些远天远地的，这法那法，第一顺序第二顺序啥的，就说第一顺序中，配偶李菊仙摆第一位，她就要得大部分。

李菊仙划得来哟，死了老公，得了钱财。有人语含讥讽。

哼，她夜里不做噩梦才算稀奇。有人愤愤不平。

话也不能这样说，那天李菊仙还是哭得一塌糊涂，夫妻总是夫妻，一日夫妻百日恩。

汪老师啦，就是太老实了，公……那个年轻人准备说出“公公”这个词的，想了想，改口说道，汪老师妻管严。

一个萝卜一个坑，么样的男人就有么样的女人配。说不定，汪作成还很能够接受这个妻管严，你们没有看到？李菊仙一从外面回来，他就像换了个人，脸上有笑了，走路也不蔫蔫的。李菊仙买回来的手表他也戴，买回来的新衣服他也穿。人群中一个年长的同事感叹道。

个老子，再怎么配，还不是就这样死了。汪老师曾经的学生，现在的教务主任李好运扔掉烟头，抬脚去踹烟蒂。他轻轻一踹，烟头上微弱的那点火就灭了。

大伙安静片刻，不再说话。我看了看远处的田埂，田埂上真的没有一个人了。

汪作成忧郁的眼神到哪里度假去了呢？

话已说尽，大伙散去，我提了几斤苹果几斤香蕉，去看望老耿师傅。

老耿真老了。她给我递上茶杯时，她的手不受控制地抖动。老啦，老啦。你看这手都不听使唤了。老耿自我解嘲道。我调侃她，耿师傅，这又不是舀菜，你只管抖你的。老耿就笑，笑得哈哈哈地响。在我们镇中，老耿抖菜勺子可是一绝。眼看着她从菜盆子里舀了一满勺，你高高兴兴把碗伸过去，可最后，倒进你碗里的不足半勺子。老耿抖菜勺子了。你根本看不出一满勺子辣椒炒肉怎么抖成了半勺子辣椒炒肉。手腕子轻轻地那么一使力，勺子微微地那么一斜，辣椒啊，肉啊，抖出了勺子。

老耿抖菜勺子，因为她看你不顺眼，因为她生你的气，因为她不想给肉你吃。想当年，我们那帮“斗鸡”被老耿抖勺子抖得最多。抖得最少，甚至一次都没有被抖过的，是汪作成老师。老耿固然是恨其不争，恨汪作成管不住一个婆娘，但老耿也怜其不幸。李菊仙离家出门，汪作成恓恓惶惶的样子，老耿很是怜悯。

你没回中学转一下？老耿问我。

昨天李好运，黄三平他们到我家来坐了的。

那个汪老师，晓得了？老耿问。

晓得了。

这个汪老师啊，老耿说到这停下来，是一阵蓄意的沉默。我望着她，她应该有话告诉我。李菊仙与汪作成老师的恩恩怨怨，老耿肯定也有她的版本。老耿却说到了那个没有户口的黑小孩。

他那个小外孙抱的骨灰盒，不管怎么说，汪作成最后走的时候，还像个样子。老耿说。

汪老师从河里打捞上来，在家里停放了一天，准备第二天送去火葬场。这期间，人们打李菊仙的电话，李菊仙第一时间赶回了清宁镇。人们打汪芬芬的电话，语音播报，“您所拨打的电话已停机”。李菊仙也打汪芬芬的电话，是另一个号码，语音播报，“您所拨打的电话已停机”。

幸亏有了汪作成的外孙。十岁的孩子，从头到脚一身的孝衣孝裤，去火葬场路上，捧遗像。从火葬场路上回来，捧骨灰盒。前面有嫡亲亲的外孙捧灰，后面有李菊仙这个未亡人哭坟，汪作成老师这一走，也算是走得体面走得圆满。

听说，汪老师的老婆李菊仙哭得死去活来？我问。

她不该哭啊，几十年的夫妻，不应该呀，啊？突然间，老耿眉头一皱，提高了音量。

该哭，该哭，他们几十年的夫妻。我赶紧回应老耿的生气，一种莫名的自责感涌上心头：我为什么要去怀疑李菊仙的失夫之痛。怀疑李菊仙的号啕痛哭，也就是怀疑汪作成的人生。他人生的末端不能得到一个妻子像样的哭声？

毕竟是夫妻。

毕竟老话说得在理，一个坑配一个萝卜。

李菊仙不在家的日子，汪作成老师是不快乐的，李菊仙在家，汪作成老师就快乐了。

漂亮老婆李菊仙出门在外，有多少让汪作成老师放心不下的事呢，不要深究吧。汪作成已经捏好了自己的鼻子，我们一群人吃多了，撑得慌，偏偏要去一个个地打破沙缸。

2002 年，汪芬芬临产前三天，李菊仙回清宁镇。有人看到李菊仙坐了一辆小轿车，坐在副驾驶位上。李菊仙下车后，趴在车窗那，面向车里人说话。五月末的晚风中，李菊仙波浪卷的长发仿佛小旗，卷来卷去的。开车的人呢？李菊仙的老板。老板送员工回家？老板送员工回家，不可以？可以，可以。那真是个老板，即便他坐在车内，也看出是一个老板的样子。我们清宁镇的人对老板的捕捉非常在行。比如说老板的身架稳扎扎的，像一面大墙。即使老板长得清瘦，也是一面清瘦的墙。老板的面容专注，随时都有跳悬崖下决断的彪悍。老板能拖泥带水，蔫不拉叽的？那天开小轿车到清宁镇的男人，不管是身架，还是神情，都符合我们审定老板的标准。有人看到车内的男人伸手拉了拉李菊仙的波浪小旗。有人看到小轿车停在离镇子最热闹的十字街头十多米远。

有人看到了，有人没有看到。“有人”和“有人”就要打破沙缸。

又说，汪作成腕上戴的手表样子，像一个老板的样子。宽表带，大表盘。

又说，汪作成身上穿的风衣，像一个老板的样子。屁股后面开衩，衣袖上面钉着两粒纽扣。

汪作成身高一米六八，体重五十五公斤左右，五百五十度的黑框近视眼镜。他与手表的样子，与风衣的样子，不在一个频道上。他戴表穿衣，完全是一副人与物打架的尴尬劲，把他原本的书生气全给打没了。当年，未婚的汪作成是清宁镇数一数二的书生。不说玉树临风，也算得上温文尔雅。相传，镇上第一热闹美女李菊仙和汪书生在恋爱季里，曾有两次特意使性子，试图惹怒汪书生，但汪作成就是不生气。如果说这是婚前男人们惯常的好性子，那么，婚后呢？婚后李菊仙也从来没有听到汪作成说一句粗话，甚至连“老子”这个词也很少开口。要知道，“老子”这个词，我们人人会用。“老子打死你”“老子是你姑奶奶”“老子才不吃你的东西”“老子才不去那个鬼地方”。我们是拿“老子”当饭吃的，包括李菊仙这个女老子。

李菊仙说“老子在家待着，干吃等死？”“汪作成，老子不在家，你会死呀，你自己不会照顾自已啊，啊？”那时，李菊仙柳眉倒竖，杏眼圆瞪。

李菊仙还说“汪作成，你这个苕呀，老子说的反话，你听不懂？”李菊仙说这话时，正在大庭广众之下，人多眼多，她不管，她只是眼神吊吊的，右手食指亲昵地点着汪作成的额头。“汪作成，老子怎么摊上了你这个苕货呀”。

李菊仙家晒衣服时，总会吸引一些人的目光。据我所知，我们斗鸡群里就有一两个这样的人。他们要是看到了那些衣物，会不由自主多看两眼。汪作成被看得难为情，就将那些衣物偷偷取下来，夹在衬衣外套里晒。李菊仙一见，气恼了：这些贴身穿的东西要经大太阳暴晒，要杀菌消毒。于是，人们又看到了那些衣物，黑色蕾丝边的内衣，手掌大的黑色内裤。悬挂在衣架上，妩媚百态地叫太阳晒着。

李菊仙出门了，她家后阳台就只挂着汪作成缩了水起了毛球球的毛线衣，裤裆处的拉链口磨发了白的裤子。偶尔，会挂着李菊仙买回的老板衬衣老板风衣老板棉服。

2007 年，有人说，他在广州的小梅沙沙滩上看到了一个女人，和李菊仙极像。他想上前去打招呼，但不能确定到底是不是李菊仙，关键是那个女人挽着一个高大男人的臂膀。他不想太冒失了。

2009年，有人说，她在武汉的购物广场见到过李菊仙。左手一个购物袋，右手一个购物袋，她身边一个男人手里还拎着两个袋子。两个人说说笑笑的，像是在打年货。

起身告别老耿师傅时，老耿师傅突然问我，你们手机可以照相啊？

可以呀。

照相机那样照？

嗯，和相机一样的照。我说着将手机的相机功能调出来，对准老耿师傅。她扬起右手挡住自己的脸，又问我，相机照出来了，可以放在手机里？

是呀，存放在手机里，随时都可以看。

这个样子啊，怪不得的……老耿师傅说，李菊仙的手机里有蛮多照片，被汪作成看到了。

蛮多照片？

蛮多。

照片？

和别人一起的照片。

我不吭声了，关于那些2003年的，2007年的，2009年的传说在我脑海里化成相片，存放在李菊仙相机里，然后，汪作成看见了？

我哪里晓得这些鬼事情，我也懒得管这些鬼事情，是那个鬼菊仙告诉我的。上个月，菊仙回来过。她走的时候，摸到我这里来，扯七扯八扯了一些事，叫我在学校里多关照一下她家汪作成。我说你既然把我当亲戚看，当长辈看，我说你两句，你也不怪我。你总这样把一个男人丢在家里，自己在外面，这影响不好。就算外人不当着汪作成的面议论，汪作成心里也不是个滋味。人活一张脸，树活一张皮，你叫汪作成在外人面前怎么个活法。

算起辈分亲戚来，您训李菊仙两句，是理所当然的，她应该听。我说。

我训她？我又不是她妈，是她妈也不能训，四十好几的人了。不是她找上门来，我才懒得说。

李菊仙怎么会想到给您说这事？

我也不知道，后来我们又扯了一些话，她才说汪作成两个晚上没睡。

没睡？

没有睡，坐在窗户旁边。白天照样上课，晚上在窗户旁边一坐坐一晚上。人就像一个木头凳子。

为么事？

鬼晓得。

7

从清宁镇返回我工作的城市，我打开了汪作成的QQ空间。

他给我QQ号，我们加为好友，他传过两篇文稿给我，客气地请我“斧正”。文稿写他和外孙的生活故事。我给出几条读后感，他没有回应。也许我斧正的不是位置？我们的交流就中断了。

汪作成的空间里文章不多，只有五篇，两篇是我读过的，写他与外孙的故事。另外两篇我没读过。一篇《我的爷爷》，一篇《挖泥鳅》，看行文造句，是他外孙的三年级作文。他抄录在自己的空间里。还有一篇，是他转抄的：

老婆使用说明书

【品名】妻子

【通用名】老婆

【化学名称】已婚女性

【成分】水、蛋白质、脂肪、核糖核酸、碳水化合物及少量矿物质，气味幽香。

【理化性质】酸性；可分为一价（嫁）、二价（嫁）、三价（嫁）、N价（嫁）。易溶于蜜语、甜言；遇钻石、名车、豪宅溶点降低，难溶于白丁。

【性状】本品为可乐状凹凸异性片，表面光洁，涂有各种化妆品，对钻石、铂金有强烈的亲和力；羞涩时泛红，生气时泛绿，随时间推移表面会出现黄斑，起皱，但不影响继续使用。

【功能主治】主治单身恐惧症，对失恋和相思病有明显效果，亦可用于烧淘洗买、带孩子。

【副作用】气管炎、耳根软、视疲劳、行为受阻等。严重不良反应者，可致皮肉损伤。

【用法用量】一生一片。真心相待、体贴、抢着做家务、老婆说东不要往西、每月工资如数上交。轻则影响药性、重则产生副作用。请慎用。(此句按老婆要求添加。)

【禁忌症】公开服用二片或二片以上。

【注意事项】肾功能不全者慎用。

【规格】40千克至60千克，片重超标不影响使用。

【贮藏】常温下保存。避免与成群女性、单独帅哥相处。严禁在外过夜。

【包装】各种时装、鞋帽、首饰、手袋，随季节变化更换。

【有效期】至离婚日止。

【批准文号】见结婚证书。

【生产日期】同身份证出生年月日。

【生产企业】岳父岳母。

夏梅梅的少女时代

1

坟前的火噼里啪啦地烧着，我把它们投进火里。火烧得旺，不一会，它们给烧净了，只余灰烬在空中袅袅绕绕。我想，夏梅梅应该收到我的礼物了，一件是黑色的蕾丝内衣，还有一件，也是黑色的蕾丝内衣。她穿的尺码，C 杯 85。

我遵她的遗嘱行事。那天我去病房看她，她说，竹子，到时候你要是给我上坟，莫烧钱纸啊。要烧，就烧两件衣服。你晓得的，我喜欢穿什么。她还是笑着，微微地眯缝着眼睛。蜡黄的脸上因为笑，泛起光芒。一个妩媚的垂死之人。

夏梅梅从来就是一个妩媚的女人。包括少女时代。

我先说一桩拐跑事件。

说的是，夏国平的哥夏建平拐走了林小芬的姐姐林大芬。

先前不是拐，是眉来眼去，眼来眉去，钻进草垛子里抱成一团，叫林姓的人看了一整个西洋景。林大芬的爹还来不及上门警告夏建平，夏建平已带上林大芬跑掉了。这不明摆着欺负人吗？林姓一帮人杀到夏家，要人。

执火把的，打灯笼的，操棍子的，扛铁锹的，明晃晃的光把夜色倒腾得人仰马翻。国平的爹哭丧着脸，那王八蛋儿子，被鬼迷了心，哪个村的姑娘不能好，偏偏好上本村的。林下村里还没有过同村缔结姻缘的历史，怨不得人家打上门来。

我们林下村住着两个姓氏，林姓和夏姓。一个河北岸，一个河南岸，楚河汉界分明。牙齿会咬破嘴唇，勺子会打破锅底。两大姓氏，一对牙齿与嘴唇，一对勺子与锅底。和平有时，战火有时。小至夏姓的花母鸡上错了窝，钻进林姓的鸡窝，被逮住炖汤悄悄地喝了。鸡毛鸡骨头的现场没有处理干净，案发，一桩索赔案。大到夏国平的哥不要脸伙同林小芬的姐不要脸，违逆祖训搞私奔。不来一阵掀墙倒屋的架势不足以平民愤。

人，肯定一时半会交不出。爱情都是会长翅膀的，它飞得多远，飞得多高，谁也不知道。猪圈被踹垮了，饭桌被砍裂了，大门卸掉一块，丢到河里喂鱼。夏姓一帮人虽然也摩拳跺脚，眼珠发红，怎奈理亏在前，人马又不及林氏强悍。暗自吞恨，吃下这笔败仗。三年后，一男一女一小孩子回到林下村，一村人哑口无言——林大芬抱着一个胖墩墩小子，“三婆”“五舅”“七姑姑”地叫，那孩子叫得真是新鲜，动听。夏建平的脸笑得稀烂，一根根敬烟。

夏建平的弟夏国平那家伙不晓得为什么有了神气的资本，小组长林小芬找他交数学本，他头一甩，答，没做。林小芬说，你不交作业，我写在纸条上告诉老师。夏国平嬉嬉笑笑地说，我告诉我嫂子去。夏志田，夏胜利，夏果果几个男生趴在夏国平桌子上，扭屁股，吐舌头，他们嬉嬉笑笑地，齐声说，我告诉我嫂子去。林小芬的眼泪漫到了眼眶边边里。

这个时候，夏梅梅出场了。

一件大红色低领毛衣，露出白生生的脖子，胸前也隆起了一个成长中少女应该有的形目。要知道，已经是十二月份的天，硬北风呼呼地刮。在我们这群灰袄子和黑袄子中，夏梅梅红唇微启，“夏国平”，像是命令，又像是娇嗔。刹那间，夏国平夏志田夏果果夏胜利，被施了定身法，屁股僵着，不晃。然后，噢噢两声，作鸟兽散。

林小芬眼含热泪靠在桌子边，林曼丽带着茫然的神色靠在林利华身上，她们集体向我行注目礼。我姓林，名竹子。她们在等待我的态度。身为林氏首领，我对夏梅梅的态度，决定了她们对夏梅梅的态度。林氏与夏氏小姑娘们秉承父辈的交往准则。你不犯我，我不犯你。你若犯我，我必犯你。同桌的两个异姓姑娘噘着嘴巴可以一个星期不说一句话。桌子中间画一条圆珠笔线或是用文具盒隔开，一只胳膊肘过了界线，另一只胳膊便狠命地捅。

既然人家夏梅梅帮我们解了围，我还有什么理由闹两派分立。我冲着夏梅梅笑，说，走，踢毽子去。这话一出，林氏姑娘夏氏姑娘飞跑到操场上，毽子踢得满天的灰乱飞。

拉开了踢毽子的友好序幕，紧接着，“我们要一个人”的战争开始。

以刺槐树作顶端，画一条射线，操场一分为二。夏家军林家军各沿射线退后三十米。排兵布阵，人马对垒，轮流对唱，索要对方的一个人。唱毕，被索要的那两个人各自带四名将士出征，冲往敌人阵地，将那人掳掠过来。

夏家军唱：我们要一个人，我们要一个人。

林家军回唱：你们要什么人，你们要什么人？

夏家军唱：我们要林竹子，我们要林竹子。

林家军回唱：什么人换她去，什么人换她去？

夏家军唱：夏梅梅换她去，夏梅梅换她去。

两方人马放开缰绳，呐喊，冲刺。

我率部下出征，激烈，凶猛，身体上的积极感和侵犯性一路冲杀。既要一把将夏梅梅掠过来，又要避免落入虎穴。夏梅梅的部下左两个右两个护卫她，这朵千万绿叶供奉的花。她跑一阵停下来，扭着腰，眼睛吊吊的，瞟着人：哎呀，他们冲过来了，哎呀，这边，这边。

我的男部下冲锋陷阵，他们故意往夏梅梅身上撞，碰，挤。我没有胸，她有胸，她还有细细的腰，风吹杨柳地摆。我黑下脸，严肃军纪，“小心美人计”，但是男部下们撞夏梅梅，碰夏梅梅，挤夏梅梅，一刻也不耽误。胖小子夏志田竭力挡在夏梅梅前面，挡也没用，我的男部下勇猛有加，一个个初生牛犊子。他们一推一撞，夏志田就被推撞到一边去了。

有一次，夏志田一本正经地拦住我，林司令，“我们要一个人”不好玩，换另外一个玩。我说，你去问夏梅梅。夏志田果真去问，夏梅梅半眯着眼，两个小酒窝深深的，夏梅梅说你不想玩，一边去。夏志田就是一个没眼风的人，自讨尤趣。又有一次，夏志田弄了个小口琴，喜颠颠地跑过去，夏梅梅，你看，你看。她不看，他再叫一声夏梅梅，她的目光仰起一点点，扫一眼，扫完后，半偏着头，定住眼神，微微笑，瞅乒乓球台，瞅刺槐树，就是不瞅夏志田。哎，那样子，狐狸精，媚死人。

夏梅梅算不上美人坯子，厚嘴巴，低发际线，窄额头，不合乎面相美的“三庭五眼”黄金分割法。可是，她媚，“媚”附身于她，火就有了焰，灯就有了光，珠贝就有了宝色，夏梅梅就有了顾盼生姿，一统千军。

2

夏梅梅的父亲在村委员当会计，林竹子的父亲在村小学当民办教师。他们绝不会把上衣胡乱塞进满是泥浆的裤腰里，裤管也不会高一只低一只。他们不轻易骂娘，不摔碗，不轻易揍老婆孩子。林竹子和夏梅梅家都有比较像样的饭桌，长幼有序排排坐，从来不会端一海碗饭，蹲在门口，吧唧吧唧吃。这两个男人是村子里的异类（夏志田的父亲，另当别论）。他们野心勃勃，一定要把林竹子和夏梅梅的根从编织草包机上拔起，移植到另一块良田去。那时候，林下村里，几乎每家每户都有织草包机。日日夜夜回荡着咔嚓咔嚓、咔嚓咔嚓的编织声。林三花、林兰梅、夏翠芬、夏桃子她们勉强读到了五年级，随后坐到织草包机前，搓草绳，编织草包。"我家竹子不织草包。""我家梅梅不织草包。"林下村的两个异类男人，某一天心照不宣地表明心迹，继而结成同盟。林竹子和夏梅梅没有理由不成为最激烈的对手和最要好的朋友。

我林竹子只会拳打脚踢，耍女土匪的威风，夏梅梅的顾盼生姿，我做不来，但我欣赏，甚至有一点点仰慕。我想要是我有两个姐姐，我也有大红大红的低领毛衣穿。林下村最不欣赏夏梅梅的，是夏志田的母亲沈先枝。沈先枝是站长夫人。夏志田的父亲在我们小镇粮站当站长，照理说沈先枝也要到小镇上去过小镇生活，但夏志田的爷爷，七十多岁，少了一条腿，他坚决不挪老窝。夏志田的母亲只能执行丈夫的意愿，委委屈屈继续留在林下村。既要照顾小的读书，又要照顾老的生活，沈先枝不免有许多恶气窝在心口，易烦，易怒，易看不惯。我母亲有几次学沈先枝的样子给我看，母亲斜着眼，眼白翻了又翻，啐一口，小妖精。沈先枝啐夏梅梅是个小妖精。

我的父亲偏爱夏梅梅。“夏梅梅，你来读课文。”夏梅梅扶着桌沿站起来，眼睛亮亮地望了父亲一眼，又转过眼风，望了左边或是右边一眼，就那么略略流转了一眼。山泉声，黄鹂音在教室里响起来。“烈火在他身上烧了半个多钟头才渐渐地熄灭。这位伟大的战士，直到最后一息，也没挪动一寸地方，没发出一声呻吟。”熊熊烈火中，凭空杀出一条清澈的山泉，显得突兀怪异，有同学忍不住咯咯地笑。父亲的教鞭“啪”的一下，打在讲桌上，笑声啪没了。夏梅梅停下来，眼睛还是那么亮地看着父亲。父亲走下讲台，走到她身边，手撑着桌面，咬牙切齿，做出痛不欲生的样子。“夏梅梅，你再来一次，你想一想，大火活生生把一个人烧死了，烧死了啊。”夏梅梅的嗓音就被一只大铁钳掐住了，露出一丝缝隙，艰难着沙哑着。我们的耳朵惊惧地颤抖。我们不得不承认，夏梅梅很聪明，叮咚山泉变寒冬老鸦，变得分寸正好。

3

恐怖的初中来了。

生理课上，男生们看着书上某张插图某个句子，一波波的偷笑，坏笑，乱笑。老师讲到某处语焉不详，让我们自习。女生们把生理书塞进了抽屉里。那些名词那些图片全都埋有炸弹，隐晦的危险的事物随时可能爆炸，不爆炸也不是什么好东西。这些毒蛇猛虎，龇牙咧嘴，触目惊心。每天，我们花费很长时间，才能反背过手，艰难地系上那几粒半透明的小塑料扣，连睡觉都不松开扣子。我们以为长此以往，就会拥有男孩子般的平伏胸膛。可是，胸前的隆起像一块倔强的石头，拼命往上顶，衣服被撑起可耻的弧度。

初一下学期，一节体育课后，我，我这个女土匪绝望了。我刚坐到椅子上，拿出习题集。“哗”一声，我听到身体哪个地方决堤了溃败了，汩汩地一股热流。热流漫过凳子，漫过裤子。本子上的方程式开始打晃，钢笔开始打晃，晃，晃，晃。我脸色发白。我的老天啦，我绝望。

夏梅梅来了。哦，观世音菩萨，我的大救星。夏梅梅镇定自若地扯扯这个人的袖子，撞撞那个人的胳膊，不一会，四个女生围到我桌子边，我夹在了人墙里。夏梅梅使了个眼色，我会意，赶紧装模作样给人墙讲题目。夏梅梅三步两步跑回寝室拿裤子拿卫生纸。返回到教室，只有夏志田一个男生还趴在桌子上做化学题，她走到他面前，“我有点事，你出去一下，好不好？”她莞尔一笑，夏志田脸一红，低头乖乖地出去了。夏梅梅迅速关前门关后门，人墙护着我走到门后。刺鼻的血腥味里，夏梅梅教会了我关于女生的第一课。我的母亲没有预测这一天的到来，我的生理老师含糊其词。

“我们要一个人，我们要夏梅梅，我们要夏梅梅。”晚上十点，寝室灯灭了，巡查的老师转到初三寝室那边了。学习委员林竹子唱响久违的战歌，臣服在夏梅梅的旗下。我们正艰难地度过多事之秋，需要一个领袖。夏梅梅教会我们如何固定那些粗糙粉红的纸，让它们老老实实待在岗位上，而不至于跑前跑后，狼狈不堪，裙子裤子渗出狰狞的红液体。

林小芬爆料，声称夏梅梅在五年级就决堤了。一群女生撇嘴，哦，怪不得她媚死人。我说，别吃不到葡萄说葡萄酸，人家夏梅梅上学比我们晚。

一股看不见的潮汐涌动，夏梅梅胸口大海一般不安，推波逐浪，她的腰肢愈发纤细，她的厚嘴唇也一点一点向我们未曾理解的性感逼近。在一群刺猬一样，裹紧皮毛，随时准备自卫的女生当中，她如明月如珠宝。胡湾的，汪杨村的，周巷村的，一个个男生踮脚仰首，捕捉她。她媚，媚里有光，媚里有亮，媚里有珠宝。上晚自习用的蜡烛，有人替她买。食堂里打饭，有人替她打。白瓜子黑瓜子盐豌豆小麻花，源源不断塞进她的抽屉。塞进抽屉的，还有笔记本，笔记本里抄写着那么一两句让人脸红心跳的句子。

夏志田突然间变得炙手可热。时常能见到有男生手搭在他胖胖的肩头上，兄弟般亲热地走着。有男生挥手约他打篮球。有男生约他到乒乓球台边吃饭，那里已经聚了一群男生，一个个端着饭盒，说说笑笑。夏志田是个大胖子，很胖，而且很黑，是个大黑胖子。他还憨，没有眼风，不识时务。比如我在前面提过的，夏梅梅那么享受“我们要一个人”中带来的碰碰挨挨挤挤撞撞，他却要求停止这个游戏。这样一个人，哪个男生愿意和他玩？最不得人心的是，他读小学时，成绩好，读中学了，成绩也好。你成绩好，你和你的成绩去玩。

每个月的月考，每学期的期中考期末考试，我和夏志田的总分名次轮换摆在第一或者第二的位置上。我心性野，没有夏志田那样憨头憨脑一门心思钻进方程式。我父亲说，夏继光命好，生个儿子听话成器。父亲这话不假。夏继光一个站长，统管我们镇 15 个村的粮食收购，权力一手遮天啊，夏志田竟然不是一个纨绔子弟。我们隔壁班，夏国平那个班，一个镇政府办公室副主任的儿子田超军，那作派才是纨绔到了家。打了上课铃不进教室，专去录像厅。进了教室不听讲，专事吃零食，讲小话，丢小纸条，勾搭女生这类活动。

说心里话，每次看到矮矮胖胖的夏志田，低着头，一个人形只影单，我还是心有怜惜的。我是一个热闹英雄，他就是一个落寞英雄。夏志田成为炙手可热的人物，在我的意料之外，但仔仔细细看看田超军巴结夏志田的那个嘴脸，我就明白了。田超军亲亲热热拍他的肩膀，亲亲热热要与他结为异姓兄弟，有难同担有福同享。夏梅梅过去的小学时代，现在的初中时代，夏梅梅的一举一动，没有谁比得上她的同村人同桌人夏志田更具有发言权。

4

初三下学期一天晚上，我按照夏梅梅的指令打开我的箱子。她把手上窝成一团的东西迅速塞进箱底。我说啥呀。她瞅了我一眼，把东西拽出来。一件我从没有见过的东西。黑色的，四周镶有蕾丝边，中间隆起漂亮酒杯。我的脸猛然发红。“你要学着穿胸罩，这样胸才能发育好。”她戳我的后背。我身上穿的是我妈缝的一件棉布小背心。我还不知道这样的东西叫胸罩。第二天早上，夏梅梅的妈来我们学校，直奔我们寝室，夏梅梅的红色毛衣，低领T恤，包紧屁股的裤子全给收缴了，只有那件夏梅梅告诉我叫胸罩的东西幸免于难。

林下村的妇女们嚼舌头，嚼得夏梅梅的妈耳朵疼。看看，看看，一个姑娘伢，穿成那个样子。看，看她那胸。

夏国平的妈说，我儿子班上一个男生转到夏梅梅班上，就是为了每一节课看到她。夏国平的妈说，校园里十起打架的，八起是因为夏梅梅。夏国平的妈还说了一句特别特别难听的话，说两只公狗打架，为什么？

夏梅梅胸口的澎湃气势被截流了，就像一只飞鸟收回扑棱棱的翅膀。那天，她回林下村拿生活费，我的父亲，夏梅梅的小学语文老师在村口堵住了她。我的父亲领着他曾经的得意门生向林下村小学走去，一路无言。走到校园门口，看见了男男女女的小孩子，跑跑追追，大小灰尘依旧满操场飞。我父亲说，梅梅，我们五年级时是不是写过一篇作文？夏梅梅惊诧地看了一眼曾经的语文老师，摇头。五年级写过那么多作文，她不记得了。我父亲说，我把它当范文在两个班上读过的。夏梅梅还是摇头。夏梅梅能当范文的作文有很多篇。我父亲顿了顿，说，我愿意是蜡烛，燃尽最后一束火光；我愿意是春蚕，吐尽最后一缕轻丝；我愿意是清泉，流尽最后一滴甘甜。父亲以朗诵的抑扬顿挫完成他的回顾。夏梅梅把头扭向了一边。我父亲说，我上个星期上作文课，在班上读你那篇《我有一个梦想》，我说夏梅梅也是我的学生，人家夏梅梅梦想成为一个光荣的人民教师。你们呢，一堆乌拉稀，成天只晓得玩。夏梅梅是我的骄傲，你们呢，啊？你们，你们梦想在哪里？要向人家夏梅梅学习。父亲说到这里，眼睛发光。不光眼睛，他整个面部熠熠发光。夏梅梅头稍稍转过来一点，但还是没有直视以她为荣的人。我的父亲意犹未尽，他指着那群疯跑的孩子说，跳龙门跳龙门，不用大力气跳，跳得过去？你看看他们一个个……夏梅梅抿着嘴巴，小声说林老师，我上学快迟到了。哦，哦，被拦腰截断话头的父亲尴尬地哦了两声，手摆了摆，那，那你快走快走。父亲的手摆得非常没有力度，像个败将。夏梅梅快走出他的视线了，他高声叫道，梅梅，把那物理卷子几何卷子多做点啊，多做点。父亲声音苍凉，如同一个深陷河中央的人，拼命抓一根稻草。

作文难不倒夏梅梅，可是，夏梅梅不能成功驯服漫反射，摩擦力。物理把她折腾得够呛，几何又乘虚而入。对角线，辅助线，看不清它们的准确位置，她只能瞎子抽签，胡乱抓起一条，丢进空间里，方向暧昧，神志大乱。

此事过了不多天，夏志田终于有了用武之地。他高兴了，他说，梅梅，你看货车的摩擦力……

叫我夏梅梅。夏梅梅杏眼一瞪，低声喝道。

哦，夏梅梅，你看摩擦力……夏志田嗫嗫嚅嚅。夏梅梅趴在桌子上，右手撑着腮帮子，懒洋洋看着夏志田的笔尖。夏志田在题目上画关键词，梅梅，夏梅梅，喏，这是已知条件，从已知条件能推出与所求问题相关的哪几个知识点呢？那我们要先把问题弄清楚，回过头再去审题……夏志田额头冒汗，夏梅梅的胳膊肘紧挨着他的胳膊。你……你看懂了没有？夏志田问，他感到自己的脸很热，心里还有点慌。他画一下笔尖，借势把胳膊从那只胳膊肘处挪开，他又问，从已知条件推出要用的知识点？他的胳膊往上去一点，他再次触到了那一只胳膊，清凉的，柔软的，少女的胳膊。唉，好复杂，烦人。夏梅梅说，她绷着脸。

夏会计坐在教室最后一排，他看见的是夏志田和夏梅梅正在合力攻克难题。他把头仰靠在后墙上，余光扫视到坐在三组的林竹子。这个假小子，一头短发乱糟糟的，一件松松垮垮的运动衫。她时而埋头唰唰地写，时而揪着自己的短发一下一下往下扯。两个丫头走着走着，怎么就走到不同的路上呢？夏会计叹了口气。昨天他去请求林竹子的父亲林老师，其实林老师不要他请求，他一开口，林老师说，好，好，我们现在就去。林老师合上备课本，比他走得还急。这样，林下村的两个父亲一起来到清宁镇中学，一起去请求班主任。

林老师说，班主任，这个夏梅梅是我一手教出来的学生，我知道这孩子脑袋瓜子不笨，她的作文是我教书这么多年来见到最好的作文。女孩子啊，大了，分了心。我们家长的意思呢，第一能不能找个成绩好的和她同桌，帮一帮，带一带？班主任说，这个你们不说，我也是这样想的，夏志田，夏志田是你们村的吧，我安排夏志田和夏梅梅同桌，夏志田可是数一数二的优秀生。可……可你们家孩子……我先前还安排她和林竹子同桌过。可她呢？这都是外因，她的内动力不调动起来，没办法。班主任皱着眉头。夏会计期期艾艾地，夏会计说，我们第二个意思也正是从这个方面考虑的，我，我能不能和她一块上课？什么，一块上课？班主任略有惊诧。林老师抢过话，我们的意思是她上课，她爸爸在教室后面坐着盯着。哦，这……这……班主任笑了笑，还没有这个先例呀，再说……夏会计赶紧说道，我保证不影响课堂纪律，我就坐在后面。林老师又递上一根烟，说，给我们个机会，试一试。

清宁镇中学初三年级二班教室里，夏会计坐了两天半。

第三天放学时，教室里人散尽了——夏梅梅和她父亲除外。夏梅梅抱着一大摞书，径直走到最后一张桌椅前。咚。沉闷一响，一大摞书堆在了夏会计面前。从现在起，从今天起，今天是，夏梅梅抬眼看了墙壁上的钟，淡淡定定地说，今天是3月13号上午十一点四十八分，你在这里上学，我回家，我回家编草绳子织草包。夏梅梅说完，昂首挺胸，大义凛然出了后门。夏会计愣了，只愣了一会，连忙追上去，梅梅，梅梅。夏梅梅不停步，直往校门走。夏会计丧了气，发出讨饶声，我，我马上走，马上走，我再也不到教室来了。

夏会计回到林下村，向林老师承认他的失败。林老师安慰他，老夏，你没错，家长管孩子哪里错了。不过哩，我们还是错了一点，这么大的姑娘，好面子啊，你一个家长盯着她上课，她的脸往哪里搁，不叫同学们笑话她吗？唉！两支香烟夹在两位父亲手上，飘散着它们寂寞的一缕缕的烟雾。

5

后来的事情发展到那个程度，是大家没有想到的。

夏会计坐在教室后面，确实给了我们一个风景。照我小时候的记忆，有点点类似当年的夏建平和林大芬钻草垛子，叫人看了西洋景。上课时，大伙听着讲，会回个头假装捡地下的纸，回个头找后桌的借支笔借个本子说个小话，或者就是回头朝后面看。下了课，三年级二班走廊边，有意无意走过一些外班学生。他们来参观一个中年男人学习物理。他看得懂？但他看得相当专注，头低着，绝对不会与外面嬉笑的学生交换眼神。

我没回头。亲不亲，一村人。叫人看西洋景，就像看“羞愤”两个字怎么写，怎么戴在我脖子上。班主任安排夏梅梅和我同桌时，我给她讲题目，她剪指甲。一微米一微米剪，一微米一微米修，修剪出长长的尖尖的样子。透明的指甲油轻轻地涂，涂出五个白白的亮亮的指甲。对着光反复地检阅，检阅完毕，又掏出另一瓶指甲油，涂小拇指。片刻，翘起了兰花指，鲜鲜红红的，分外妖娆。

我寄希望夏志田。至少夏梅梅能趴在桌子上听，尽管趴得懒洋洋的。中考这件事快烧到眉毛了。

教室后面黑板上，标有红色的中考倒计时牌，滴血一样惊心。每天朝读，班主任立在讲台上发令，全体队员，向后转。我们屁股一挪，转向后面。班主任大踏步走到倒计时牌前，擦去“一百整”，写上“九十九”。他绕着教室走，说“都给我看清楚了，还有多少天！是想端铁饭碗穿皮鞋，还是想下田种地穿草鞋，给我想清楚了。又有人逃课，往树林里钻，别以为我不知道。”他面无表情盯着倒计时牌。我们不吭声，盯着桌上的习题集。教室后面传来蚕吃桑叶般的沙沙声。那是“一对对”弄出的动静。初三三个班级，每个班都有几个“一对对”。那一年，电视剧《康德第一保镖》的主题曲中，整日里唱：红萝卜的胳膊白萝卜的腿，花心心的脸庞红嘟嘟的嘴，小妹妹和情哥一对对，刀压在脖子上也不悔。这歌词怪里怪气的，为啥要红萝卜的胳膊白萝卜的腿？我们不管，只是挑选了“一对对”作为班级风景线的应景词。我们班上也有一对对，白天上课时，他们集中坐在后面，一对一对的。晚自习时，他们往树林深处钻，一对一对的。

从学校后门出去，走一百多米小路，再左拐到一条田埂上，走完二三百米田埂，再爬上一个四五十度的高坡，展现在眼前的便是一片树林。最初的发现者，是用来做晨读的场所。后来，我们说谁去树林了，就会诡异地笑，不置一词。那个树林不安分，它长杨树长柳树长梧桐，可它偏节外生枝，长八株桃树，长三株石榴树。三月，桃花开。五月，石榴花开。花开得疯狂肆意。石榴最疯狂，阳光愈烈，它们就愈艳，毫不羞怯。它们兴风作浪，一心一意鼓动一对对钻树林。

夏志田如果不鼻青脸肿，我们不会想到他钻了树林。

据所见者传，夏志田和夏梅梅手挨着手走完田埂，准备登上高坡。田超军和他的田家军兄弟，共计六人，乌泱泱一阵冲下坡来。夏志田一见田超军，挨着夏梅梅的手下意识地向后缩。天还没完全黑透，两个人的手还不敢牵上，只是若即若离挨着。田超军叉开双腿，神情傲慢，夏志田，你的骨头是不是发痒，要松下皮吧，啊？田超军的“啊”扬得老高，像一根抽起的皮鞭。田家军一个兄弟不由分说跳上来，给了夏志田一连环腿。夏志田一个踉跄，后退几步。另一个小兄弟要使出九阴白骨爪，田超军拦住他，说，夏志田，你今天立下保证，保证和夏梅梅散伙，这事就过了。夏志田偏着头不说话。田超军说我喊五个数字。一，二，三。喊到三了，夏志田还偏着头，田超军拖长音，四……五……夏志田一言不发。说时迟，那时快，刚才被拦住使九阴白骨爪的小兄弟扑上来，啪啪两声，凶猛的耳光。又有两个兄弟上来，合力扑倒夏志田，踢他的腿踢他的背。夏梅梅扑上去，拉扯压在夏志田身上的人，拉不开。田超军，住手，你叫他们住手。夏梅梅尖叫。田超军噘起嘴巴，吹了一声响亮的口哨。几个兄弟收拳收脚，簇拥在他身边。使连环腿的那个说夏志田，你再敢动我们军哥的马子，小心你那张胖脸给打开花。

你这是怎么弄的？下晚自习回家，夏志田的母亲沈先枝问他的脸。夏志田说，我今天回来路上，碰到一个喝醉酒的人，发酒疯，抓住路过的人就打，我被那个人抓住了。

你这是怎么弄的？第二天朝读，班主任关切地过问候夏志田的脸。夏志田说我昨天下晚自习回去路上，碰到一个喝醉酒的人，发酒疯，抓住路过的人就打，我被那个人抓住了。

夏志田和夏梅梅钻第几次树林被田家军堵截？夏志田和夏梅梅哪个时间第一次钻树林？我完全不知道。看到夏志田左眼睛下面淤青一块后，我开始留意坐在前面的他们。晚自习时，有时是夏梅梅先离开教室，有时是夏志田先离开教室，有时他们一起离开教室。他们是不是开辟了新的乐园？因为夏志田脸上没发现新的鼻青脸肿。

星期六放假，我要带一个口信给夏会计。夏梅梅要在学校找人补习物理，不回家，让林竹子带生活费和两罐子咸菜。

中考倒计时牌上，改“四十九”为“四十八”那个晚上，刚上晚自习，夏会计悄悄埋伏在初三年级二班教室窗户旁边。他看到夏梅梅趴在桌子上，她的同桌夏志田趴在桌子上，他们脸对着脸，眼睛追着眼睛。夏梅梅没有听到她的父亲把林竹子叫出去了。她的父亲希望是王梅梅或者刘梅梅。希望林竹子说没有啊，梅梅没有钻树林，梅梅每个星期在补课。他的眼睛急切地望着林竹子。林竹子低着头，右脚尖碾着地面。她碾着，碾着……夏会计冲进了教室。他扇了夏志田两耳光，扇了夏梅梅两耳光。先扇夏志田，后扇夏梅梅。班长跑去办公室喊班主任。班主任气喘吁吁赶过来，夏会计手扶在桌子上，胸口急促地起起伏伏。夏志田低着头，缩着脖子。夏梅梅咬着牙不哭出声。当晚，夏梅梅的父亲带走了她。第二天早上，沈先枝带回了夏志田。

夏梅梅夏志田回家停学反省。

现在的孩子啊，真是不好管，那个夏志田……班主任痛心疾首，你说，那个夏志田，哪个想得到，唉，现在的孩子。

6

夏梅梅提着书包离开时，她扫了一眼教室，她捉到了我的眼睛，我看到了一双写满耻辱，痛苦，怨恨的眼睛。我林竹子对天发誓，我没有出卖夏梅梅，我按夏梅梅的口信内容一五一十转述给夏会计。我并不能断定星期六星期日他们钻树林或是钻其他角落了，我不会满嘴胡嚼。

五天后，夏志田返校。神情沮丧，趴在座位那儿，写写算算，整个人更憨头憨脑。我说，夏志田这个星期天你回不回村看你爷爷？（自从夏志田上初中，沈先枝就搬到镇上住了。）我们一起骑车回去。夏志田头也不抬，说我不回去。

两个星期过去了，夏梅梅还没有返校。

夏梅梅喝水吐水，吃饭吐饭。夏梅梅的妈一审问，夏梅梅上个月的经期没按时到。再审问，夏梅梅说出了夏志田的名字。母亲又急，又气，又束手无策。夫妻两个一辆三八自行车骑到镇上，进粮站站长的家。夏志田放学回家，审了问，招了供。

三个星期后，夏梅梅回了学校，圆圆的脸瘦出了一个小尖下巴。

沈先枝本来要啐夏梅梅小妖精，可是她啐不成了，第一，夏梅梅怀着夏家的血肉。第二，夏志田誓死非夏梅梅不娶。粮站站长最后拍了板，说，起码要有个初中毕业证。

粮站站长很满意即将娶进门的儿媳，他碗里的饭还剩一小口，夏梅梅就站起来了，爸，我给您盛饭。她站有站相，坐有坐相，吃相也优雅，闭紧嘴巴，小幅度错动牙齿，不会鼓动腮帮，传出食物下降到喉咙发出的声响。

中考结束，夏志田以两分之差与他父亲希望的粮校擦肩过。站长懊恼一阵子后，安排夏志田跟着他舅舅去武汉做生意。站长劝沈先枝，鱼有鱼路，虾有虾路，读书能活命，做生意也能活命。

1992 年 9 月 15 日，鞭炮阵阵，锣鼓声声，新嫁娘夏梅梅走出林下村。嫁妆箱里装有四套内衣，一套大红色的，一套杏色的，两套黑色的。胸罩全都缀着蕾丝，内裤全都又透又小，巴掌大。

婚后，夏梅梅到粮站作质检员，林下村的卖粮路就有了一路凯歌的新气象。没有谁再刁难他们把谷子晒了又晒，把他们的一级粮降低为三级粮。站长夏继光固然是个严格的人，可是站长的儿媳是林下村的。我们家的粮食由舅舅帮着卖。夏梅梅的语文老师坚决不踏进粮店半步，夏梅梅的早嫁让他一败涂地。这个民办教师，他的梦想是培养出两个端铁饭碗的女孩子，划出林下村的新时代。

第二年的二月，夏梅梅不负众望，为夏家的香火续上一个男儿。沈先枝笑开了花，抱着小孙儿“心肝肝宝贝贝”亲不够。

暑假，我去镇上找夏梅梅玩，听她的儿子喊我小姨，也听夏梅梅喊夏志田。“夏志田，宝宝的小喇叭呢?”“夏志田，我的袜子呢?”“夏志田，我要吃瓜子。”少妇夏梅梅像一只梨，轻轻一掐，水漫金山。夏梅梅嗲声嗲气一叫，夏志田就屁颠屁颠地跑，“来了，来了”，乐呵呵地递小喇叭递袜子递瓜子。婚后的夏志田更胖了，一个圆滚滚的幸福的球。我想起了在那满天飞灰的小学操场上，他不让我继续组织“我们要一个人”的游戏，他不愿意别的男生往夏梅梅身上撞，想得更远一点，想到他拿着一把小口琴，乐滋滋往夏梅梅身边凑。我还要想得更远一些，夏梅梅轻轻推了我一下，喂，有没有男生要你约会?没有，没有。我连忙说道。看你那个书呆子样。夏梅梅说着，深为不屑地瞟了我一眼，她突然掀起我的衣服后面，嗤，你看你，还穿这老气横秋的东西。我一扭身，赶紧把衣服扯下来。哎哟，孺子不可教哦。夏梅梅笑道，“夏志田，你照顾宝宝，我们要上街。”

夏梅梅带着我转这家转那家内衣店。我不要黑色的，不要有蕾丝的，不要有花饰的。夏梅梅只好投降，好好好，只要你不穿你身上的。末了，我接受了两件四平八稳的内衣。夏梅梅又给我挑了一支口红一支眉笔。竹子，你要学会涂口红画眉毛，这比做数学题还难?这好看的一张脸，长在你身上，白白糟蹋了。夏梅梅揽着我的肩膀，一脸的恨铁不成钢。

我们返回到夏梅梅家，夏志田早已把西瓜切成小块块，冰镇好。夏梅梅说我要喝绿豆汤。夏志田说，刚才我已经泡了绿豆，等会煮。

夏梅梅说林竹子喜欢吃蒸鱼，你待会去餐馆里买一份回来。夏志田说我现在就去。说完，这圆滚滚的幸福的球跑去买蒸鱼了。

我祝福，这圆滚滚的幸福的球一直绕着夏梅梅的意志跑动。

可是，夏志田死了。

夏志田在舅舅的扶持下开了一家建材公司。那个时候，到处是工地，到处搞建设，夏志田的生意做得风生水起。照说武汉那个大城市，漂亮姑娘们多，夏志田要犯个大的小的错误，是有机会的，但夏梅梅以她的柔与媚，长久捍卫着她对夏志田的控制权。“夏志田，你这个苕啊，你个憨猪，我说的反语你听不懂?”夏梅梅说这话时，正在大庭广众之下，人多眼多，她不管，她只是眼神吊吊的，右手食指亲昵地点着夏志田的额头。“夏志田，我怎么摊上了你这个苕货。”

那天是夏梅梅的生日。约好了的，夏志田下午回清宁镇，接到夏梅梅后两人开车去县城逛商场买衣服。说买衣服，其实就是买内衣，黑色的蕾丝内衣。这是他们两人过生日的固定节目。每年生日，买两套。怎巧那天下午公司来了一个客户，订单量大。夏志田陪客户吃饭喝酒。送走客户，夏志田说梅梅我现在回家。夏梅梅不高兴，说你看看到了几点钟，回来看月亮？不要你回。夏志田说刚才陪一个客户喝酒吃饭了，他今天下了一个大订单。我马上回，马上回。夏梅梅说那你明天回来，今天就算了。夏志田说我今天回，今天回。夏梅梅说，喝了酒，你慢点开。夏志田说，你等着哈，现在七点四十三，我九点多到家，不会超过九点半，明天一大早我们去买衣服。你等着，等着。

夏梅梅等来了灾祸电话。

离清宁镇还有二三十公里，夏志田的车开得飞快，飞进前面大货车的车底里。

7

夏梅梅的媚要了夏志田的命。夏志田的命毁了她的美。

新寡的日子，夏梅梅的胸荒芜了，夏梅梅的眼荒芜了，夏梅梅身上的水分干了散了。夏志田像一根失去的弹簧，将夏梅梅的美貌釜底抽薪。她一天天变得黯淡，脸上出现皱纹，眼睛又红又肿，眼窝下陷。有人听到沈先枝诅咒夏梅梅，“你这个扫帚星，扫帚星，你把我的儿扫死了，你有个么好下场，你这个扫帚星。”先是隐隐约约听到，后来走在大街上都听到。沈先枝教孙子夏博文念“夏梅梅是一个扫帚星，夏梅梅是一个扫帚星”。

夏梅梅回到娘家。夏会计沉着脸把算盘扒拉得震天响。夏会计的老婆抹眼泪。吃饭的时候，家里养的黑狗子在饭桌下钻来钻去，寻肉骨头啃。夏会计一脚踢过去，滚，叫你吃不该吃的饭。夏梅梅的眼泪滴进了饭碗里。在家吃了两天饭，夏梅梅到县城棉纺厂去打工。厂里放假，夏梅梅吃的喝的玩的，大包小包提了几包回夏志田家。夏博文往她怀里扑，妈妈，妈妈。沈先枝不声不响地把吃的喝的玩的，归类清理。粮站站长碗里的饭快吃完了，夏梅梅站起来：爸，我给您盛饭。

夏梅梅去广州中山是两年之后的事，也就是 2000 年。夏梅梅的大姐二姐在中山那边开厂，到底是什么厂，大伙说不清楚。有的说是开灯具厂，有的说是开服装厂，有的说是开电子厂。也许这三个厂前前后后都开过，哪个赚钱开哪个。反正夏梅梅由一般工人做到组长，做到合伙人，做到独立开公司。夏梅梅回林下村回清宁镇的次数少了，一笔笔汇款寄到夏博文名下。

我不见她好多年。

听说 2007 年，夏梅梅把夏博文接到中山。后来，沈先枝和前任粮站站长也去了中山。2010 年，我的父亲六十大寿，夏梅梅的妈送来了两份礼钱。一份是夏梅梅的，她特意交代，一定要祝林老师福如东海寿比南山。

7

我再见到她是 2015 年，清宁镇中学五十周年校庆现场。一身孔雀蓝连衣裙的女人，笑盈盈望着我。她身后站着一个年轻人，白而胖，青色西装，红色领带。那神色眉眼，分明是夏志田的影子。校庆仪式上，主持人播报各位成功校友饮水思源回报母校的义举。我听到了夏梅梅的名字，广州千姿内衣有限公司董事长夏梅梅女士捐资一百万，拟建造一栋教师宿舍楼。(宿舍楼后面一块地的用途设计修改了三稿。学校希望建一个休闲广场，夏梅梅希望植树成林。最后，宿舍楼立起来了，楼后面的树林里，三月，开桃花。五月，开石榴花。妖娆得不得了。这是后话了，夏梅梅没有来得及看花。)

校庆宴散了，我坐夏梅梅车里去宾馆。洗漱完毕，夏梅梅身着薄薄的睡裙，双乳傲然挺立。

我们聊到了她的千姿内衣公司，聊到她怎么样一步步从最先做灯具生意到最后做内衣生产，聊到了黑色蕾丝胸罩。你还是喜欢穿黑色蕾丝的？我问她。穿啦，为什么不穿，我自己的公司，我一个小时换一件。她开玩笑，依然有妩媚的神色，然而，卸去妆容的脸，露出她的憔悴。

竹子，我给你看样东西。

她拍了拍床沿。我走过去，她将肩膀上的吊带滑掉，伸手去摸索左胸那一块。赫然，一个碗口大的空洞出现在我面前，而她手上，握着那个挺拔的柔软的左乳房。

我惊愕。

癌，两年前割了。夏梅梅说，她将左乳房搁在枕头上。我从碗口处收回目光，夏梅梅……我说不出话来。

戴上这个假的，和你们一样，你看不出来吧。夏梅梅笑着拉上吊带，碗口在我眼前消失了。枕头上那挺拔的柔软的乳房看上去那么脆弱。我别过头，不看它，我难受。

哎，你别这样，我最难挨的日子都过去了。我也想透了，人嘛，活到一定时候，不是这里破，就是那里烂。来，坐下来，讲讲这些年你的故事。你现在不讲，哪天再想讲，我都听不见了。

夏梅梅，你胡扯。我厉声打断她的话。

好啦，来，说正经的，讲讲你的事情。夏梅梅把枕头上的左乳房收在一个袋子里，她脸上始终挂着一层淡淡的笑。

夏梅梅返回中山后，很快给我寄来了一大包内衣。一共十件，十个款式，前扣式，后扣式，无肩带式，隐形式，束身式，美体式。其中有两件是黑色的，缀有蕾丝。包裹里夹着一张卡片：竹子，好好珍惜身体。趁身体好，善待它，善待自己，给它多穿些漂亮衣服。

2018 年 3 月，夏梅梅的乳腺癌转移。9 月，夏博文带着她的骨灰，从广东中山回到林下村，按她的心愿，葬在夏志田身边。

从骨灰到钻石

1

他蹲在地上，抖着手中的一摞冥币，抖散，一张张往火里扔去。“您二老将就一点，就用这个，别人肯定找得开。您二老想买点什么就买点什么，莫舍不得花钱，莫刻薄自己。我有的是钱。”

他手中的冥币面额也是大得出奇：一百亿，且是美钞。

一百亿美钞一张张地烧。他仍是担心二老一分钱掰成两半用，买碗瘦肉面吃三天。

“市面上卖的都是这种大面额，胡家强商店里没有一百块钱一张的，三大队胡德青家商店里也不卖，他们都不卖小面额的，最小的也是一千块一张。再说，那边又不是单单只有你们两个人用这么大的钱，没有人眼红的，你们放心地用。莫舍不得。”

他举起一张，举在眼前看，看了上面，看下面，看了正面，看反面，“稀奇啊，印刷厂印这么大一张，一百亿，一百亿是多少，扣？”扣专心烧着一摞钱，头也不抬，随口答一百亿就是一百个亿。亿是多少呢。他又问。扣说一万个万就是一亿，一百亿就是一百个亿。一万个万？那一万个万又是多少呢？他再问。高三学生胡扣子给问住了。她不由得抬起头，面前这个老菜农，一辈子和钱打交道最多的是白菜五毛钱一斤，十斤五块，一百斤五十块。春大来了，白菜疯长，不值钱，那就论筐卖。一筐十块，两筐二十块。那多少筐白菜是一万个万呢。扣快速默算，试图找到一筐白菜与一万个万的联系。到底是十万筐，还是一百万筐，一千万筐。扣伸手向我要手机，她得用计算器帮忙。他说，我晓得了，就是钱多，很多钱，我种十辈子的白菜都卖不到这么多钱，是吧。扣说，恭喜爷爷，回答完全正确。

回答正确的人把一张一百亿投进火堆。火苗舔过来，先舔没了“一百”，再舔没了“亿”。眨眼的工夫，“一百亿”舔没了烧掉了。烧得干干净净，只剩细细的灰。插在地上的三炷香，轻烟袅袅。他满意地站起来。灰烧得越细越好，表明供奉一分不少地送到了那边。大年初一嘛，子子孙孙孝敬，这是睡在土地深处的人应得的福分。

年前，爷爷用红油漆把墓碑上的字重新刷了一道，左边“祖功宗德流芳远”，右边“子孝孙贤世泽长”，中间是“祖考胡公老大人祖妣黄氏老孺人”。一个是扣的曾祖父，一个是扣的曾祖母。坐落在菜地里的墓名义上是一个合墓，实质上，只有太奶奶睡在里面，陪在太奶奶身边的是太爷爷的两件青色褂子。1957 年，太爷爷因为一场运动投了江，尸首不见。太奶奶将两件青色褂子压在箱子底下压了 33 年。1990 年太奶奶去世，两件褂子一同下了葬。

扣的爸没有见过去了那边的太爷爷，我没有见过，扣更没有见过。我们在这坟头上认亲。

我和扣烧掉了两摞一万的，五摞一千的，又烧掉了两摞一百亿的，两摞十万元的。火光烈烈。我又点燃了一摞黄纸，还有一摞正中间钻了一个圆孔的我叫不出名字的纸。都是地底下的流通货。一摞摞沉重的冥币继续投进火里，压得太多，火苗暗下去，散出青烟，呛着人的鼻腔。用手扇烟，扇不走，越扇越呛。扣的爷爷说用棍子扒一扒。我拾起地上的棍子，轻轻扒动那团纸钱，扒出空隙，火又旺了。扣赶紧将一摞一百亿投进来。

扣的爷爷烧完第一摞纸钱后，基本就当甩手掌柜。我们烧钱，他指挥。莫烧到那里，那里有鞭，小心点着。莫在那烧，那边迎风，烟呛人。我们越是殷勤地烧，他越是指挥得沉稳，脸上有隐隐的自得。坟头上的火旺着，红红火火，胡家先祖睁眼看看，孝子孝孙给你们上坟了。

烧完香烛纸钱，我们鞠躬作三个揖，退到一边去。留下扣的爷爷一个人在坟前。

爷爷蹲下身子，拔起墓碑边的杂草，又细心地将杂草拢成一团，堆在田埂旁边一株苍翠的柏树脚下。这棵柏树活了至少六十年。五年前一个冬夜，电闪雷鸣，狂风大作。深夜一点多钟，一道闪电划过天际，人们听到了“轰”一声。第二天早上，人们看到了半边柏树傲然地立着，柏树的另外半边身子叫响雷硬生生地劈去了。人们以为它要死了，那样的遍体鳞伤。三月份，春风又吹来的时候，柏树的伤口处长出了三根新枝丫。

“今年种的芹菜不值钱，最贱的时候，一斤才一块五毛钱。菠菜值钱，但是产量不高，今年的霜大，菠菜冻坏了……”爷爷和睡在地里的太爷爷太奶奶说着话，他扯起衣袖擦着碑上的灰迹。“老五的孙子，不听话呀，在学校打群架，不是老五觍着脸去求老师，好话说了一箩筐，人家学校就要开除他……”地里的收成，儿子的仕途，孙子的学业，村里的鸡毛蒜皮，子孙辈的结婚离婚，爷爷要说的话太多了。太爷爷太奶奶不是供在归元寺里的菩萨，需要跪在他们面前烧高香，说好话。自家的老人嘛，自家的水，总是往下流，没有不浇灌自家田地的理儿。爷爷只是那样细细道来就好了。太爷爷太奶奶听在心里，能庇护的自然庇护，庇护不得的，同儿孙一道受着。活在这世上就是这样的理，受得住的受，受不住的也得受。

太爷爷太奶奶睡在菜地中间，一年四季绿着。春有春韭绿，夏有夏蒜绿，秋有秋葵绿，冬有芹菜绿。爷爷种白菜累了，摘蒜苗乏了，他坐在坟前，细细碎碎给他的父母先祖说会话。听他细碎的，还有白菜，萝卜，辣椒。一双双绿油油的眼睛，爱怜地看着他。睡在地下的太爷爷太奶奶也长着绿油油的眼睛，他们长在每一棵白菜每一个萝卜上面。死亡，不过是人们回到泥土里，重新长出绿叶。

田野里，吹了几世几代的风还在吹，在草木间穿梭，绿叶波动。爷爷从墓碑前站起身，走到坟墓右边，踱步。横着踱五步，竖着踱八步。喏，看啊，就这里，挨着你爷爷这块，你们记得，哪天我到那边去了，这是我的地方。

关于死的说法，村里的人不说死，只说去那边，谁膀胱癌去那边了，谁肺癌去那边了，谁早上赶集被大货车撞去那边了。那边，也是世界，叔叔婶婶兄弟妯娌的，一个也不少。你想想，能和一家人睡在一起，谁不愿意呢？在他熟悉的一亩三分地里，他闭着眼也能摸到谁谁谁的家。厨房，猪圈，正屋，和这边的结构一模一样。

手机响了一声“微信红包”，我点一下，收进一块八毛五分钱的红包，又进到一个朋友圈，发了三个红包，拜了一个视频年。大年初一这天，我们都很忙，都热腾腾的，刷朋友圈，抢红包，视频拜大年。那边想必也是一派繁盛，各家各户门栋大开，百亿的，千亿的，财源滚滚来。那边发一个红包的上限大概不是二百元吧。钱多嘛。比钱更多的是人。哪家坟前都是人。儿子，孙子，曾孙子，侄子，侄媳，兄弟。乘飞机回的，坐火车回的，骑摩托车回的。人人回到坟前来认亲。村里胡银海的儿子在湖南长沙一个厂打工，骑了三天三夜的摩托车回家。爷爷说人在做，天在看。天是头顶上的朗朗乾坤，也是睡在地下的列祖列宗。给列祖列宗们上坟烧香，是一个人的本分。

我有恩施的朋友，他们称祭祖为送亮。大年三十的早上，全家老小带了香纸、鞭炮到亲人坟前送亮。过年了，请先祖们一起回家过年，担心晚上先祖们看不见回家的路，燃了香烛，把先祖们回家的路照得光亮亮的。

2

送亮也罢，上坟也好，是件大好事。死去的人，睡在土地深处的人都等着这一天。至于我的来日，大概是享受不到这上坟的福分了。

为什么这样说呢，因为到目前为止，我的血脉只有一条支流，我只有一个女儿扣。“快去生一个，生一个！”酒席上，与一群故交新友推杯换盏，扯七扯八，扯到了造人计划。我说财力负担不起。他们说一只羊是放，一群羊也是放。我说精力不济了，他们说散养，散养的好。我说老啦，生不动。他们挤眉弄眼乱笑，“君不见六十五岁的妇人怀了双胞胎。”哎呀，那是传说，传说。我浅笑，一仰头，半杯酒喝下肚去。财力不足，精力不足，房事困难，这不过是摊开在桌面上的理由。你想，酒杯撞得砰砰响的欢乐时刻，你能掏出一个死亡来给大伙看？可是，桌面下的，隐性的，切切实实的，是因为一个死。我不想我去了那边后，丢下两个人间的牵挂。一个扣已让我愁思百结，如果再来一个扣，我只有从那边地下爬起来重返人间，这又是不可能的。所以，造人？算了吧。

我去了那边，若我能得到五百亿一千亿，赐给我的，只能是我唯一的女儿扣。

我说，扣，把我埋在你爷爷奶奶家的坟地里，你大年初一回来给我烧香烧钱。

嗤，做梦，你白日做梦。扣说，若干年后，爷爷奶奶家这块坟地还在不在，是个问题，你没看到好多地方要迁坟。这里，这里，都要迁。说不定过两年，爷爷家那老坟还得迁。扣一边说一边用右手划拉个大圈圈，圈圈之内尽是待迁之地。

两年前，三小队胡炳发家的祖坟就迁了。镇上的污水处理厂选址恰好选中那块地。在菜地里睡了十三年的胡家父亲要搬家，搬到风水先生掐指算过又算过的新住所。

那天，风水先生打头，胡家子孙居中，房族年长的德高望重的断后，一行人马神色肃穆去向旧坟。到坟边，风水先生开始诵《安土地咒》：元始安镇，普告万灵。岳渎真官，土地祇灵。左社右稷，不得妄惊。回向正道，内外澄清。各安方位，备守家庭。太上有命，搜捕邪精。护法神王，保卫诵经。皈依大道，元亨利贞。诵完《安土地咒》，又诵《启土地咒》：此间土地，神之最灵。通天彻地，出入幽冥。为我开召，不得留停。有功之日，奏与上清。

这两咒诵给这边人听，也诵给那边人听。无非是这边的那边的，都要在地面上和地底下好好地修为，人有人道，鬼有鬼道。为人为鬼，心底清明，行事端正，对得住土地爷的恩宠。

诵完两咒，风水先生略一点头，示意可以动土了。长子胡炳发跪在坟前磕完三个头，挖下第一锹土，帮工们随后，挖坟，破墓。一时间，人人不语，铁锹暗响。坟边的杨树上，两只长尾雀吱呀一声飞起。等到墓破白骨现，胡炳发的大妹妹赶紧伏身上前，用红布遮蔽住阳光。尸骨见了阳光，就会魂飞魄散，再也回不了家。那是万万不行的。胡炳发的小妹妹也伏身，更紧地扯住红布。胡炳发胡炳财两兄弟一人套了一副红手套，拾了父亲尸骨往备好的寿材里放。一根一根，一截一截。细细末末的脚趾骨手指骨都不可遗下。少一块骨头，胡家后人是要遭横祸的。如何全骨全架睡在旧坟里，就要如何全骨全架睡在新坟里。

至于拾完尸骨，再填坑，再起灵，再下葬，我不想再叙，只叙扣的爷爷。爷爷参与了迁坟整个过程。该说的话，该做的事，一项不落，很是庄严。回到家里，喝闷酒。喝了四五两。平日，他只有二两的酒量。他想啊想，想不透，人活着会搬家，人死了到了那边也会搬家。胡炳发的父亲搬离了自家菜地，他还晓不晓得回家的路哦。但话又说回来，人家不晓得回家的路，至少在自家菜地睡了十三年，他呢？他能不能安安稳稳睡上一年两年？这坟地说变就变了。他又斟满一杯酒，端在手上。一份末世的绝望爬满他的老脸。

我说过，能长命百岁睡在老胡家的老坟地里，是爷爷的梦想。如今，他只能寄希望在老坟地里睡一年算一年。

我呢？我问扣。

扣说，公墓。

我叹了口气。我不喜欢公墓，干瘪瘪的，了无生气，一样的尺寸，一样的正方体水泥屋。稍不留神，活着的人来上坟就失了方向。

3

有一年清明，我在一个叫烟灯山的公墓里待了三个小时，见到七八个到处找坟的人。他们在墓区急急忙忙走，手指指点点。他们先得用东南西北方位定下墓地所在区域，再用横纵坐标定下点位。东区横向第七排，纵向第九排，那么这横向纵向两排的交织点就是。有的在横三十八，纵二十五；有的在横四十二，纵十七。手指点来点去，数来数去，错了，又点，又数。提着满袋子的香烛满世界地寻。

那天，在烟灯山，遇到每一个找坟的人，我都假装赶路，低头匆匆而过。那一张一张恓恓惶惶的脸，叫人不忍心目睹。一个中年男子和一个老妇人，大概是母子，他们拎着满满一袋祭品，在墓地里穿行。我绕了一圈，碰到他们，又绕了一圈，又碰到他们。十区五排X号。十区五排X号。他们小声念着，俯下身，看墓碑标志。

土地深处的人着急呀，怎么还不来，还不来，等一年了。土地上面的人着急，到底在哪，到底在哪，除了急，还有说不出的愧疚。这世间的亲人，他们丢失过一次，再来一次丢失，这算怎么回事呢。他们没脸面见地底下的人了，他们下决心记住位置，把横纵坐标数写在手机记事本上。记事本上前几页已经记着另外几组数据，银行卡密码，领导的生日，老婆生理不舒服那几天，总之是极其重要的，现在连同坟墓方位也一并存留在记事本上。可是出不了两年三年，记事本上的数字又会欺骗活人——墓区扩建了，横纵数全变了。

坟海茫茫啊。你要我如何喜欢这冰冷冷的公墓。我不喜欢，真的不喜欢。油菜花开得盛，白菜长得盛，左隔壁的是三婶，右隔壁的是五叔，串门，拉家常，家长里短地说话啊，这才是我喜欢的地下生活。

再说一遍，我不喜欢公墓。可是，我不能无视公墓的存在。公墓收纳了地面上的所有人，无论你在北京，在南京；无论你是处长，是保安；无论你有九千万，有九十块。统统的，一网打尽。相同的石块墓基，相同的松柏林立，相同的安静墓碑。一抔黄土容纳了叱咤风云，也容纳了卑微渺小，并给他们统一命名：某区，某排，某号。在烟灯山，死亡，获得了“平等”的嘉奖。

我看到一座年轻女子的墓。生于一九七九年，卒于二〇〇六年。墓碑上镶嵌着女子的一张艺术照，旧上海的味道：缀有蕾丝的宽大礼帽，洁白的及地长裙，鬓上一朵明艳的花，妩媚的脸斜侧着，她回眸一笑。一笑，永恒了。父母永恒的女儿，男子永恒的爱人，或者一个孩子永恒的母亲。

还有一座墓，平整整的，没有高出地面的水泥盒。是一座草坪葬。三棵苍翠的柏树间，一米见方的一块草坪。草坪正中间，一簇稚嫩的新草，像一粒包在荚中的青豌豆。白色的大理石墓碑上没有落款，没有生卒年月，只刻了一个长句子：“我们的孩子来到这世上匆匆看一眼不甚满意，她又回去了。”这新鲜的夭折的生命。孩子，愿你熟睡时有合欢一样静谧的额头。

这样想着，我说公墓就公墓吧。至少在那边，我还能见到一个永恒的爱人一个新鲜的孩子。

你说过你不喜欢公墓的。扣看着我阴郁的脸，而且你刚才说到的事也不现实。

什么事，公墓？

不，不只是公墓。

我努力回忆，烟灯山公墓那一节有点冗长，我有些迷糊刚才说到的事。我迷惑地望着扣。你说大年初一我回老家。嗯，大年初一你回来，有错？我问。大年初一？你在地底下能保佑我大年初一一定回得了老家？扣反问，拜托你想一想，那时，我也许在日本，也许在意大利。好吧，即使不在国外，我在上海，在北京。

扣一拜托，我就无语了。扣长硬了翅膀，她要飞到哪里就能飞到哪里。她的自由飞翔也是我的心愿。所谓母女一场，再怎么情深意浓，到头来，也不过是一个往天上飞，一个往地下钻。

再说，你忍心我来回奔走几千里上万里？

我不忍心。我老实回答。

那还谈什么埋公墓，大年初一上坟呢？

可我总不能不埋吧。我垂头丧气，要不我还是埋在公墓，只要你心里有我，你不回来给我烧钱烧香，我也不怪你。

让我想想，想想，总有办法的。高三年级的理科生扣难得温情一次，她轻轻地搂住我的肩膀，安慰一个死无归途的母亲。我只怕我睡到那边后，她全忘了我，那我就真正地死掉了。死亡是什么，死亡是这世上再也没有一个人想着你。

4

爷爷在太爷爷太奶奶坟前说话，扯杂草，擦拭墓碑。我和扣在田埂上等着。四周菜地里又添了几座坟地。每家坟前，老老少少一大堆人。半小时后，爷爷走到我们前面带路，去给叔伯的五爹爹上坟。五爹爹是六年前脑溢血去的那边。还没走到墓边，就听到五婆婆的声音。

老鬼呀，有时间去老六那转转，他就住在你隔壁。要是老六不搭理你，你莫生他的气，老六就是那个死心眼，犟货，嘴巴不甜，不晓得亲热人，你大些，帮带他一点。谁叫你是老大哩。老鬼，你往东边走个一二里地，是你二老表的小麦地，你二舅今年不是也去了吗，他就埋在小麦地里，你带着老六也去转一下。俗话说血脉不流通就堵住了，亲戚不走动就生疏了。

五婆婆坐在一张小凳子上，孤零零地烧着一百亿。看到我们走过来，赶紧笑呵呵地站起来，冲我们招手，又回头冲着墓地说，老鬼，你的侄儿侄媳妇，还有侄孙给你送钱来了。

五婆婆的大儿子在广州做内衣生产，出口欧洲。生意大得很，只是时间紧。年前给五婆婆汇了两万块钱，又打了电话，说春节期间要出国考察。到了腊月二十八，带着老婆和儿子飞美国了。

广西的小儿子今年也回不了。是五婆婆先打电话过去的。

你们今年莫赶回来，莫赶，我在家蛮好蛮好，你们要是回来，小心我发脾气，不准回。五婆婆挂掉电话，正是腊月二十四晚上十点多钟。一天又没有了，她撕掉日历，拿起粉笔在旁边小黑板上写下 137。如果五婆婆有千里眼，她会看到在广西的小孙子家里有 137，在小孙子学校正面墙上也有 137。湖北广西都有 137。大红大红的指示牌，距离高考 138 天，137 天，136 天……

五婆婆先前只是扳着指头算，有时多算了一天，有时少算了一天，一笔糊涂账。侄子胡大发给她弄来一个小黑板，花两个小时教会她写 1 天，2 天，3 天……胡大发弄来的其实有两块小黑板。他家用了一块。高三学生胡先华一个月放半天假。胡大发提了筒子骨汤海带汤急匆匆往学校赶。胡先华说，爸你看到了吗？胡大发说看……看到了。他想说得若无其事一些。哪能看不到哩，除非瞎了，血红的数字在墙上一闪一闪，勾魂一样。你在家里也弄一个，提醒自己。高三学生胡先华喝完汤吩咐胡大发。知道的知道的。胡大发头点得如同小鸡啄米。既然女儿都顶得住勾魂数字的垂直打击，做爸的抗压能力也不敢差到哪里去。

临近寒假，胡先华学校放出话来，高三学生今年莫做过年的打算，打过这一百几十天的硬仗，保证天天过年。高三家长个个表态，积极支持学校的举措。高三年级有三个老师不大乐意。一个是今年母亲去世的，一个是三十三年没回的舅爹爹从台湾回老家，一个是十年没生育今年刚得一子的。三个人铁定要回家过年。团聚是小事，关键是要上坟，要和那边的人团聚。离世，回归，添丁进口，这些大事，得一一禀告先祖。校委会、高三年级组几经磋商，最后确定，除夕上午上完四节课放假，大年初三晚自习返校。

湖北如此的阵势迎接高考，广西估计也是严阵以待。五婆婆是个明白人，她及时给小儿子打电话，阻止他们回老家。家有高考生，这是天大的事。她替小孙子给老鬼爹爹多烧了几百个亿。“老鬼呀，你孙子要大考了，考个状元。这是孙子送给你的钱，你手头上花着他孝敬的钱，你心里要想着他大考这个事，替他出点力，莫只晓得憨吃憨睡。”

今天早上天刚亮，小儿子就打电话来拜年，“妈，新年好啊。你把自己照顾好。清明节我们回来上坟。”“好，好，好，你们都好就好，我也好。”五婆婆一高兴，只会说好好好。放下电话，一想，不对呀，扳着指头一算，清明节 4 月 5 号 6 号，高考 6 月 7 号 8 号，离考试只有五六十天了，哪里能回家？五婆婆把电话打过去。“清明节不用回来，我给你爸解释一下，你们不准回来。”儿子说“大年初一不回，清明节肯定要回来”。五婆婆生气了，说，“我叫你们不回就不回，咋不听我的话？”儿子说，“我们要回来给爸上坟。”五婆婆说，“你莫惹我怄气，6 月 8 号考试完了，再回来。还有一百多天，你们白天晚上都要……都要备战。”五婆婆斟字酌句，一下子抓住“备战”这个重量级词，猛地投掷给儿子。儿子在电话那头噗地笑了，“妈，清明回去上坟也是备战，家长会上班主任强调了，今年过清明节，家长们即使忙得像总统，也要带孩子回老家。清明节是传统节日，要让孩子们晓得自己是从哪里来的。最重要的是，今年的清明节要在祖宗坟头上多烧几炷香，把期望考上的大学念上四五遍，拜托祖宗们记牢了。”五婆婆问，“那我今天大年初一先念几遍大学。我念哪个大学？”儿子说，“你就念武汉大学，北京大学。”

爷爷在五爹爹坟前点燃三炷香，我和扣拆开冥币包装袋，十万十万地烧。五婆婆问，扣读几年级了？我说今年高考。高考啊，好，好，考状元，考状元。五婆婆连连说道，她又对着墓碑讲，老鬼呀，你记得哦，还有一个孙，一百三十天后也要大考试。

烧完一百个亿，放了鞭炮，我们拍拍衣上的灰屑，再去另一个墓地。一垄白菜地的中间，竖起一座新坟。叔伯的六爹爹去年 10 月份患肝癌走了。五婆婆说老六啊，你多亲热亲热你哥，骨头断了还连着筋呢。你们是兄弟啊，遇到什么事，兄弟俩有个商量，齐心协力，莫叫外人看笑话。你哥毕竟去那边比你早几年，情况要熟悉一些。老话说得好，长兄如父，长嫂如母，他骂你是为你好。你莫要犯犟脾气。啊，听我的话。老六啊，今天有件事对不起你……我这个嫂子要请你这个做六叔的做六爷爷的原谅。坤啊旺啊，你的两个侄儿，还有两个孙子今天不能回来给你上坟。他们在美国在广西烧了钱的。你是长辈，体谅一下他们。他们清明节回来，给你多烧钱，补给你。老六呀，我要特别给你说的是，今年我们胡家两个孙子高考。大考试啊，你们做爷爷的做祖宗的，在地下也要使上一把力。

5

从六爹爹的白菜地出来，我们去了菠菜地，菠菜地里睡着二伯。从菠菜地出来，去了芹菜地，芹菜地里睡着三嫂子。五爹爹，六爹爹，二伯，三嫂子，他们真是有福气的人。一家一家，挨得这么近，走动起来亲亲热热的。吵个架，也是一家人吵。像五爹爹和六爹爹，活着吵，睡在地下吵。无非是打断了骨头连着筋。亲人与亲人，总是针尖对麦芒。眼望着这一片绿，这绿里的人家，我只有羡慕的份。我与这土地无缘了，我的末日，只能一个人孤单单地埋进公墓。

这样想着，实在叫人沮丧。不禁又回到朋友圈，抢了十二个红包，发了七个红包。开口闭口“新年好，新年好”。窗户外面，几个小侄子穿着新衣，放着鞭炮，噼里啪啦地响。我在随身带回的文稿纸上，写下四五百字，《关于上坟这件事》的开头。我的末日，能不能得到“上坟”的好待遇，不可预料了。因为按着扣的推理，睡在地底下的我不能保佑她大年初一能准时准点从五洲四海赶到一个墓碑前。我又不能不埋。

扣说，你就不埋。

不埋？我瞪大眼睛看她。

用你的骨灰种一棵树，养在我的小院子里。好不好？

嗯，这个可以。我点头同意。想一想还比较浪漫。你想啊，我作为一棵树的形象立在扣的院子里。即便不是席慕蓉那棵开花的树，我总会长叶吧。雨天时，扣在叶下避雨；晴天时，扣在叶下遮阳。就算我不能从地底下爬起来，我的枝枝叶叶也能触碰到扣的日子。

你想种棵什么树呢。我问扣。

扣做沉思状，不答。

松树？柏树？我建议。

如果我没有独立的小院，如果全部是水泥地，怎么办？

那，那……我不禁黯然神伤，我大概也不能保佑她拥有独立小院了。

要不，用我的骨灰种一个花盆？搁在阳台上就可以，占不了多大位置。我说。我得给自己找个退路。不能种成一棵树，种个小花盆也行。仙人掌啊，双色茉莉啊，都行。

我可能会在北京漂，然后又漂到上海，然后又漂到澳大利亚，漂到刚果金。你跟着我漂来漂去，要是我忘了浇水，忘了施肥，或者失手摔了，那么你就又死了一次。扣说，她的眉头打成了结。

死一次，再死一次，这让扣和我都揪心。我揪心倒无所谓，哪个河水不是向下流，哪个父母不是愁断肠。

就埋公墓，我喜欢公墓，现在不喜欢，以后也会学着喜欢。我斩钉截铁，决定把我埋在公墓，不能让扣再为我操心了。

我来考你一个问题。扣眉头散开，她微笑着看我。你说，所有动物体的主要成分是什么？

水。

还有呢？

蛋白质。

还有呢？

脂肪，糖。

还有呢？

还有……不知道了。

还有碳。

碳？

碳作为一种非金属元素，碳位于元素周期表的第二周期。拉丁语为 Carbonium。它以多种形式广泛存在于大气、地壳和生物之中。生物体内绝大多数分子都含有碳元素，你，我，一只猫，一条狗体内都有。扣侃侃而谈。我目瞪口呆。我和化学分手好多年了。

再考你。钻石，知道吧？

知道，知道。

钻石的主要成分是什么呢？

碳。

嗯，你还比较聪明。扣表扬我。她停下话，望着我。一脸的水到渠成。

我看见了三十年后的我，四十年后的我，我看见骨灰钻石的我，戴在扣的指间，挂在扣的胸前。

扣说：妈，你不必埋掉，我把你的骨灰提炼成一颗钻石。

父亲们的管子

1

他的管子呢？

我看向他的裤裆，那里拉链完全拉上了，没有洞，我看不到隐隐约约灰色或是黑色的内裤。按照惯例，那根管子会从洞里面穿出来，管子下端再接一个袋子，装尿。

他的老伴搀扶着他从我面前走过。步子缓慢，犹疑，有什么东西牵制了他。一条长长的围巾搭在他们的胳膊间垂下来。随着围巾的摆动，我看见了导尿管，紧接着是尿袋。原来，他的尿管子从尿道口连接下来后，不是直接摆放在裤裆处，而是绕向左边，尿袋挂在他的左侧腰上。他拎着，围巾盖在上面，避人眼目。我不禁又看了一眼。他的余光瞟来，看到我追究的目光，迅即扭转头，假装若无其事地望着一旁忙碌的护士。

坐在我左边的一位老人，蜷缩一团，浑身发抖。特别是大腿，抖得厉害，如同体内安装了一台缝纫机，在不停地踩动。尿袋搁在他的左腿上。尿液在袋里荡来荡去，像惶惶不可终日的江水。我右边的一位，双腿夹得紧，管子和袋子被长外套罩着。

还有一位，坐在对面的椅子上，神色自若，边喝牛奶边吃面包，吃得有滋有味，半袋尿被儿子拎着。他将尿袋子明明朗朗地摆在我们眼面前。这些管子袋子无论藏在腰间，藏在背后，都逃不过被人发现的下场。豁出去了，不藏了。他端起牛奶，又喝了一口，冲着我们这边笑。

八点半钟，正是医生们交接班的时候。每一张化验单，每一份 B 超结果，要加以辨析，综合，开出处方。谁的膀胱要挨刀，谁的尿液要监测，谁的尿道要扩张，一切都得归类处置。带尿管的人，暂时还没带尿管的人，被“前列腺”控制了。前列腺增生，前列腺肥大，前列腺钙化，前列腺肥大并钙化，前列腺癌。一个前列腺就是一个命运。科室门口，又走进三三两两的人，以老父亲们居多。科室门楣上，挂着“泌尿外科”的牌子。

一个男人斜靠在椅背上，呆呆地看着来来往往的人，目光在那些隐约的管子和袋子间游移。羞愧、惶恐使他看上去像一名即将示众的囚徒。

这男人怎么说呢？我的父亲，七十一岁。人民教师退休。先前是民办教师，后来通过了公办教师转正。教龄四十一年。身形消瘦，体态衰弱，身高一米七一，体重 47.5 公斤。慢性萎缩性胃炎伴胆汁反流，十二年病史。慢性支气管炎伴双侧肺气肿，六年病史。主动脉及冠脉粥样硬化。双侧颈动脉内中膜不规则增厚并发多发斑块。前列腺增生，前列腺囊肿。双侧额顶叶、脑侧室及半卵圆中心缺血灶。

眼下，这个衰弱的男人坐直了身子，把西服下摆拉了拉。他的黑色西服套在毛衣外面，裹着他。深秋时节，他本该穿上薄袄。他不穿。穿袄子？那多显老。他不会穿袄子的。他还要把头发弄得有型有款。在啫喱水的帮助下，那些花白的头发一根根理顺了，绷直了，趴在头皮上。头发直，西服挺，是这个乡村小学老校长一辈子的美学追求。为了这直和挺，他绷得太紧了，他整个就是一绷带。

人们说只许英雄白头，不允美人迟暮。他却是只许美人迟暮，不允英雄白头。老，原是要安平静止，从“一朝风月”去向“万古长空”，再也没有什么需要遮掩、踯躅与逃离。他却是不肯：他得用劣质的啫喱水，一遍遍将头发理顺绷紧；得用西装革履做出气宇轩昂的神色。然而，接连不断的咳嗽，被风一吹就要垮下去的腰，完全承受不住西装的架式。

2

尽管我在隶属这所医院的一个学校工作，但平时与临床医生打交道不多。这几年，因为父亲，我知道了张医生周一上门诊，李医生周二上门诊。张医生上门诊时，早餐要吃一碗热干面，三个肉包子，一杯豆浆。不吃这些，他一上午掐不住三十几个问诊的工作量。李医生上门诊，助手要在他的办公桌上放一个红红的大苹果。解答病人疑难时，说得口干舌燥，精血亏损，看一眼苹果，振作振作精神。医生们见着我就笑，来了？我笑：来了。他在我身后默不作声，一脸的厌烦。

消化科，呼吸科，心内科，五官科，理疗科，他被频频带到这些科室。一部机器运转了七十一年，掉螺丝，卡链条，生锈，罢工，哪里哪里都是问题。

问诊，诉说，做心电图，照 B 超，做 CT，做肺活量测试，做血气分析。坐在消化科主任面前，他陈述身体状况：大概三十年前，哦，不，三十五年前，那时，我成天泡在湖里摸鱼摸虾，总是饥一顿饱一顿，落下病。二十年前，一个中医给我开了二十五袋中药，有好多年没疼了，又有些年……主任止住他的话，说，只讲现在的症状。哦。他应了一声，接着又讲，那个中医开的药有效果，芝麻大小的丸子，好多年没发病。主任敲了敲桌子，说，现在，现在，您只讲现在。“现在”像个拦路虎，他住了嘴。过了一会，思维接上趟：现在，现在这胃里总像有一把火在烧，热烘烘的，还疼。主任站过来，按了按他的腹部，疼？疼。换一处又按，疼？不疼。主任再按，按了四五处，便埋头开药，一边开一边说，年纪大了，胃多多少少都有些毛病。问题不大，这四种药按要求吃，六个星期一个疗程。他问，要吃四种药，这么多？主任说，这叫四联疗法。

一走出医院门，他就愤怒了，这是什么医院，什么医生，我还没讲完，他就开药。我安慰他，医生凭经验的，您一说，人家就知道大概。像您这样一年年说下去，人家一上午都看不了几个病。

我说没问题，你偏要来看，看出什么名堂，烧钱。他指着四盒药恨恨地说。我去拦的士，他径直往前走，不肯和我一起坐车，我只好跟在他身后。他回过头吼我，我又没有老年痴呆，我自己走，不要你管。

他绷着脸，绷着步子，头昂得高高的。勇士般的头发在风中纹丝不乱。这个老去的人，仇视他的老，仇视他的病，仇视我——我这个刽子手，拉着他在各科室展示他的衰和败。如同多年前，我仇视他，他逼迫我在操场上展示我的无能与失败。

那是三十年前的事。1986 年，我小学快毕业了，镇中学离家十几里远，得骑车去上学。他教我学骑自行车。在林下村小学灰尘满天的操场上，他用石灰粉画出三道醒目的白色粉笔线。一道两百米，道与道之间相隔不到半米。每道线上隔个几十米又有大大小小的拐弯。他板着面孔：走第二道线。我的车轮就不能触到第三道线。“直走，拐弯，直走，拐。”他吹口哨，挥臂。他怒吼，你没有长耳朵？让你直走直走，拐什么弯？他的吼声像在打大雷，引来一圈看热闹的人。有大人，也有孩子。围观人嘻嘻哈哈的，有的拍手跺脚喊加油加油，有的拍手跺脚喊减油减油。我简直恼羞成怒，又不敢反抗他，只能咬紧腮帮子，在他命定的跑道上骑。眼看要拐过那个大拐弯了，我一急，车龙头转快了，连人带车摔在地上。围观人哄然大笑。“重来。”口哨声响起来，那么刺耳。我抱着车龙头不动。我的膝盖摔破了，血正在往外渗。“听没听见，重来！”口哨声又响，他又打雷。我忍住眼泪爬起来，狠狠地盯他，我恨他的魔鬼训练法。围观人“加油，加油”地胡乱欢叫，开心地等着我再摔上一跤。“快点，第二道线”，他举起他的大巴掌。那个暑假，我摔破五条裤子，膝盖上结了三层痂。

不就是骑车上学吗，搞得像要到国际上参加骑自行车比赛一样。一个野丫头还能成一只凤凰？林下村的老老少少嘲笑他。他不理睬他们，忙着给三道骑车道上添石灰粉。我也不想成为凤凰。我暗地里叫村里的林三毛戳破了我家的自行车轮胎。他一边补轮胎一边说，有的人啰，只想做一只雁雀，不想做一只鸿鹄。我说谁喜欢做鸿鹄谁去做鸿鹄。他说我们家这个自行车就喜欢做鸿鹄。我莫名其妙，自行车要做鸿鹄？他说，村里其他的自行车只喜欢走直线，一条直线有什么难走的？要走就走拐拐弯弯的，走出高水平来。我们家的自行车就能走六十度的拐弯，走四十度的拐弯，还是一个小学生毕业生骑着它走，它不是鸿鹄又是什么？他这一说，我扭头就走。他这是在收买我，用好听的话笼络我，给我戴高帽子。

然而，他的雷声轰轰不绝，我终究成了一个凤凰一个鸿鹄。我稳稳当当骑在他画好的跑道线上。该直线就直线，该拐弯就拐弯。拐六十度的，绝不拐四十度。拐四十度的，绝不拐六十度。

很多年后，我走过阳关大路，也走过羊肠小道。就在此刻，我写下这些回忆，我想，他赞美一辆立志做鸿鹄的自行车是对的。一辆自行车立志做鸿鹄，它就不怕路上的沟沟坎坎。一个人立志做鸿鹄，她就不怕摔得头破血流。我为当初的仇视感到羞愧。他要的是一个更好的我。就像他一直想要一个更好的自己。衰老，疾病，却是接踵而来。

我在药盒子上分别标明服药次数和时间。枸橼酸莫沙必利片，每一日三次，一次一粒；泮托拉唑钠肠溶胶囊，每日早上两粒；溴化异丙托品，气雾吸入每次 40~80μg，1 日 4~6 次。你干脆叫我不吃饭算了。他猛地一抬手，将一堆药扒进抽屉。母亲将饭碗放在他面前，他不动筷子，扭身去房里靠在木椅上。母亲把饭碗端进房里，他闭着眼睛不看。您什么意思，有病不吃药，小病拖成大病就称心了？我冲他发火。他不是在和药杠，他是在和我杠，是我把他和药连在一起。他睁开眼睛，冷漠地看了看我，说，大病就大病，不拖累你，我自己死，不要你管。

3

老去，并不是一年一年持续的进程，而是瞬间发生，就像被田园里一道疾速的闪电忽然击中，足以致命。就是那么一纸退休书，他就老了。仿佛是突然生长出来的衰老。前一个时刻，他还是身穿西服，头上抹啫喱水的校长。后一刻，不是了，他被划进老人的行列。

白天，他呆呆地坐在房间，神情淡漠，眼神飘忽，一连两三个小时不动一步不说一句话。不远处，学校的上课铃响了，他身子忽地一颤，站起身来，又默默地坐下去。从四十一年的教学生涯中剥离开来，他还不能接受。

深夜里，我要提防被他突然拧大的电脑音量。他在听《渴望》的主题曲。“悠悠岁月，欲说当年好困惑……”毛阿敏的声音像锈迹斑斑的钢锯，收割着夜的宁静，有种恐怖的力量。我说爸，你多看相声小品，电脑里好笑的节目多得很。他不听，他只听《渴望》《送战友》《二泉映月》。夜深的时候，三点钟，或是四点钟，他会突然地激烈，突然地打大音量。他内心潮水暗涌，变成一柄尖利的飞刀，击中我的耳膜心脏，我有窒息之感。一个人老了，会如此地无着无落？老，真是一个叫人恐怖的东西。

从白昼的茫然到深夜的激烈，衰败和年轮已将一个从前的校长狠狠撂下。他整夜整夜不能入睡。我说，爸，我们去看医生。他说，看什么医生，死了才好。我说，有了病就要去看医生。他说不要你管！

他的体内隐藏着很多的火。这火，一天一天见长。他对这世界充满了频繁的敌意，以此对抗愈来愈多的衰败。而我，是这世界的代言人，他恨我，恨我让他吃药。

我得让他吃药。他恨我，我也得让他吃药。

医生说万念俱灰的沮丧和孤立无援感的产生，是因为患者脑部的复合胺比正常标准要少。为此，他要每天睡前给自己倒一杯清水，吞下药丸，一种德国进口药，以便让它们合成足够的复合胺。我劝说他吞下第一粒药。吞下不到三十分钟，铺天盖地的睡眠淹没了他。五天后，早上下床时，他踉跄了几步，腿如婴儿一般软弱无力。接着，是身上奇痒。他抓，抓。暗红的血痕白色的皮屑飞舞，指尖有肮脏的皮肉混合。这是药物的副作用，百分之一的人有，他被幸运地选中。

就是你，就是你弄这些药回来，吃吃吃。他吼我，声音大。

我低头不语。

我是一头猪啊，我白吃白活，我活得没有个人样，我活着有什么意思，还不如一死百了。他悲声说道，这孤立无援的落水者，满脸是克制的哀伤。

爸。我叫他，我心里疼。

他猛地抓起两瓶药，向地面砸去。药丸散了一地，滚到桌子底下，滚到床下，有一颗滚到他吐出的唾沫里。

我又去找医生，配了更多的药，缓解副作用。早上五颗：白色三颗，黄色一颗，红色一颗。中午一颗黄色。晚上二颗白色。

他活着就是吃药。吃饭一样吃下它们。

每个黑夜如期到来，他在药丸里如期睡下。

他平静下来。我叫他，他有了回应。我半是搀扶半是绑架强行拉着他去公园，他肯走动了。他的眼神偶尔会停留在一朵粉红色的桃花上，或者追随一只蝴蝶的飞行。他好像忘记了恨。

大的恨，还在后面。一个接着一个垮掉的身体零件追着赶着过来。我这个中介人，把他一一介绍给消化科呼吸科心内科肛肠科。

前些日子，他突然间疲软下来，懒得说话，懒得出门，懒得用他的啫喱水，整日昏昏入睡。治胃的药，治肺部的药，都在按时按量服用。又是哪个零件出现问题？我问他，他说没事。问母亲，她也说没事。然而，她支吾，欲说还休。到底怎么回事？他一晚上上几次厕所。几次？七八次。七八次？怎么不早说？你爸不让说。

在我熟睡的夜里，一个老男人一次次打开厕所门，他靠在墙边，绝望地看着尿线，那么细，那么弱，一泡尿滴了一百年，滴得脚背全是尿。不等他缓过气，尿意又火急火燎扑上来，又滴一百年。黑夜被分割成无数个漫长的一百年。他蹲在厕所里，使足劲，要把这泡该死的尿打倒。不，这不应该是尿的错，一定是尿受了谁的指使。他想打败谁，他用力地尿，尿出那个谁。然而，他看不见那个谁到底在哪里。那个谁歹毒，教唆一泡尿来羞辱他：铁老头，你铁什么铁，一泡尿都尿不好。

是的，这个脾气暴烈的老男人，我的父亲，曾被人称为“铁老头”。铁骨铮铮，硬邦邦，大力气做事，大力气骂人，大力气在整个乡村活得风生水起。他建起清宁镇第一所教学大楼，开办清宁镇第一个村级幼儿园，清宁镇第一个实现适龄女孩入学率百分百。村子里打草袋的，学做缝纫的女孩子都被他送到教室。

林下村小学校长，身着西装，头发梳得整整齐齐。这是一个老师的仪表之美，也是一个男人的威严之美。那时，尿哪里敢打倒他。

现在，尿来了，尿找到他，打倒他。

4

爸，我联系了泌尿科的医生。

他从沙发上跳起来，联系什么联系，我没病。

您不是一晚上要去几趟厕所？

哪个上厕所了，哪个上了，又是不是你这个老婆子瞎嚼？他冲着我母亲发火。

我熟悉的医生今天上班，我给人家约好了。

要去你去，我不去，我去打牌。他拿起手机往外走。

我约人家约了三次，人家是泌尿科主任。我拉他的衣袖，不准他走。

放开，我不看，我没病。他一摆手，仍往外走。我说，您不就是上厕所多吗，老年人大多数都有这样毛病。他转过头，看了我一眼。我径直往下说。我说前列腺炎比较普遍，用点消炎药就好了。是个男人就有可能患上前列腺炎，特别是上了年纪的人。我得把话说透，把他的退路堵住。

我自己去看。他的声音低下来。

您一个人怎么去看。

我自己去看。

她是你姑娘，你顾忌什么呀，真烦人，你个老家伙。母亲骂了他一句，拿了件薄袄子递给他。他接过来，丢在椅子上，低低吼道，西服。他起身，去洗手间里对着镜子往头上抹啫喱水。

从出门到坐进泌尿科候诊长廊，他一言不发。目光只在管子和袋子间游移。昨天约好的周主任交接班后，又忙着查房，身后跟着一大群医生护士。三个提着尿袋子的人也尾巴一样跟着他。一小时后，才轮上我们问诊。

哪里不舒服？周主任问。

呃，呃。父亲支支吾吾的。

哪里不舒服？周主任又问。

你让她出去。他指着我。

我哭笑不得地望着他。

你出去，出去。他急促地摆手把我向外赶。

我站在门外，看着那张窘迫的脸。他的脾气再大，也大不过一泡尿。医生面前，他正怯懦地低低地说着他的不舒服，说着他的尿。

周主任开好检验单，招手让我进去。父亲望向另一边，不看我。

先去做尿液的常规分析。他从工作台上抓起一个装尿液的杯子，很快地揣在口袋里，向厕所走去。过了一会，他端着满满一杯尿走出来。尿液晃荡出杯口，溅在他手上。我刚要伸手接过来，他立即说道，不要。他加紧步子走到第三个窗台，放下杯子，转身就走。里面的白大褂叫他，错了，放那边。他重新端起杯子，一步一步小心翼翼地穿过人群。走得又狼狈又庄重。然而，他端的毕竟是尿，不是十世单传的婴儿，可以大旗开道：让开，让开。他端杯的右手腕屈向胸前，左手掌伸开，覆盖在杯子上面。他低着头，不看人，但又要找白大褂指示的方向，步子便有些乱了。

人群里像他这样，端着自己尿的人很多。

一杯尿像一杯圣物。疾患，伤痛，或者平安都在一杯尿里。尿比重，可以了解人体内水分是否欠缺；尿液酸碱值，可以知晓结石病患者结石是否复发。尿中的尿胆原、尿糖、尿蛋白，每一份数据都有它明确的指向。

父亲的这杯尿，我更关心的是尿中白细胞及红细胞数目，是否超过正常。它们预示着前列腺或者发炎或者增生，或者住进一个肿瘤君。

尿液结果半小时才能出来，我们又转到六楼去做双肾输尿管膀胱彩超。他躺在检查床上，医生按他的腹部，说，不行，肚子没鼓起来，去喝水。我赶紧跑去买一瓶矿泉水，他喝了。医生又按腹部，说，还要喝。他急了，嚷道，还喝还喝，一个肚子装得下多少水？医生说你的水不喝足，B超机器就看不清楚。他只好接过我递上去的另一瓶水。十几分钟后，他弯下腰，捂着肚子，蹒跚着向检查台走去。我伸手去扶他，他摆手。我再去扶，他抬起眼，又凶狠又虚弱地盯我一眼，吐出一句话，都是你，叫我活受罪。

5

竹子，我会不会是你得贵伯那个样子？等待结果时，他陡然问我。我一惊，赶紧说道，哪里会是得贵伯那样，您又瞎想。

得贵伯是我们林下村的老书记，1990 年到 2006 年在任，做了十六年的老书记。2006 年 3 月退的位。位退了，气势还在，在林下村里，他说一句话顶得上我们镇党委书记说一百句话。得贵伯的两个儿子在清宁市买了房子，搬到市里去住，得贵伯伯不去。他嫌城里没有人和他说话。儿子们把老屋翻修一新，他一个人住。得贵伯坐在家门口，拿着放大镜看《人民日报》《湖北日报》。“总书记说绿水青山就是金山银山，你看看，这金山这银山。”他放下报纸，冲着门前的河指指点点。河面上浮着白色的黑色的塑料袋子，像一个个死尸。“败家子，败家子。”他狠狠地骂。他一骂，现任村主任继权哥就火急火燎地赶到那几户乱倒垃圾的人家。“快点，老书记骂人了。”那几家妇人就拿了叉子棍子去捞去清理。有家儿媳妇不理不睬，仍旧玩她的手机游戏。作公公的只好自己去河边捞，心里骂儿媳妇不长眼睛，不晓得惹老书记生气了是什么后果。老书记会坐在你家门口，给你讲三天三夜的大道理。村里五六十岁的，六七十岁的，老一辈的都晓得老书记的脾气，不敢冒犯他。一二十岁的，二三十岁的年轻人却是不懂，懂了也不愿意怕，只觉得这老头爱管闲事惹人烦。

父亲每次回林下村，要到得贵伯那里坐一坐。从包里掏出一袋茶叶，“老哥，喝茶。”“喝茶，喝茶。”得贵伯也不客气，把茶叶揣在胸前，和父亲扯眼前的金山银山，也扯几十年的旧事。“你看你得贵伯，比我大十一岁，能吃能喝能看报纸，走路不驼背，说话不气喘，他能打死老虎。”父亲谈起得贵伯，谈起他的老年偶像，无尽的仰慕之情。事实也是如此，父亲身上的零件松的松，垮的垮，隔不了三个月五个月，就要到医院里去上个油打个蜡拧紧一点。

然而，疾病和衰弱，像一个赶了很多路的行者，终究是扑到了得贵伯怀里。那年，得贵伯七十九岁。他骨瘦如柴，大口地喘气，咳嗽起来就没完没了。村里人都知道这无休止的咳嗽是一种病。哮喘病。他也乐于喘着气告诉我们，这要命的咳，一口气喘不上来，就憋死过去了。死了好，死了好。他急急地说，急急站起身往厕所里赶。

快，快，快。尿来了。尿来了。

夹紧双胯，趔趄着，得贵伯往前冲，再不冲就尿裤子了。

尿啊尿。

尿，才是他甘心死于哮喘病的凶手。死在一口气里总比死在一泡尿里要体面。

尿不净，尿不出，尿不完，不能好好尿出的尿，带来全身的疼。小腹疼，腰疼，睾丸疼，大腿根部疼，肛门周围疼，它们一律疼着。得贵伯被疼盯上了。他害怕他的身体。白天不敢出门，夜晚不敢睡觉。

他更不敢让人知道，昔日的书记败在一泡尿里。等到有一天，他在痰盂边站了上十分钟，尿就是滴不出来。他疼得满床打滚，送到医院，确诊为尿潴留。他的秘密彻底暴露——他也只不过是一个连尿都尿不好的男人。

得贵伯提着尿袋子过日子。每走一步路，都得小心翼翼拎着它。它羞辱他，他却要供它如祖宗。村里其他老汉上门来拉家常。这一拉，才发现老汉们尿得都不畅快。刚硬了一辈子的男人，晚年了却没有力气尿好一泡尿。望着他的尿袋，老汉们心有戚戚，七嘴八舌讲开了。有的说这病好治，有的说不好治。他们举了隔壁村一个老汉的例子。花了十五六万，还得提着尿袋过日子。

父亲回村去看望得贵伯。这一次，他在得贵伯那里坐了好久，回家后我问他得贵伯身体不要紧吧。他不答，我不知好歹又问他。他说，人是钢，病就是轧钢机，你说要不要紧？满腔的不耐烦。一个人的偶像垮了，心情能好到哪里去呢。我赔着笑听他发火。“提一个尿袋子，尿袋子啊，这老脸往哪里放。再能干的人，病一来，什么脸面都没有了。”他说着，伸手往口袋里去摸。我盯住他。果然是一支烟。也许在路上谁递给他的。他藏着，原想躲在房里偷偷地抽。偶像的烂豆腐让他坏了心情，需要一支烟缓解情绪。他摸出那支烟，又去摸打火机。这下我就不容忍他了，我走上前去抢他的烟。他不给。我说你要走路的时候，背个氧气瓶？他身子僵着，我说你要想背个氧气瓶，你就去抽烟。他松开手，恶声恶气地说，“给你给你，我就白活着。”他前年咳得厉害，上楼梯气喘，上一层楼要歇几分钟。带他去呼吸科，诊断为慢性肺气肿，不能碰烟了。“你们让我戒烟，还不如让我死了算了。老子十八岁开始抽烟，抽了几十年。”戒烟那半年里，他像一头暴牛，和母亲吵架，和我吵架，翻箱倒柜找烟找打火机。

有一阵子，得贵伯试图不提尿袋子，但是他控制不了他的尿。他的一个侄女从外地回家来看望他。他躺在床上说了一会话，脸色唰的一下白了。头左右摆动，想坐起来，又跌坐在床上，随之一股尿骚味在空中弥散开。

得贵伯往墙上撞头，一边撞一边骂自己废人啦，废人。

“我不想成你得贵伯那个样子。插个管子，丢人。”父亲说，他靠着椅子上，脸色苍白。这个被时间用旧的人，全都是遗物的痕迹了。那眼里的混浊是炯炯有神的遗物，那虚弱的喘息是生猛如牛的遗物，那骨瘦如柴是彪形大汉的遗物。那些开过花结过果，那些受到祝福的昔日，抛下他，兀自走开，留下他陷在这副用旧的老肉身里——用旧的睾丸，用旧的膀胱，用旧的前列腺。肉欲的脉息终于式微，欢情的嚣音远去。作为一个男人的肉体，他已被蚀空。他用那不合体的西装把自己撑起来。

我在手机淘宝上输入“男式老年人秋冬款西服”，九十多块钱一件的，二百多块钱一件的，四五百块一件的。“爸，您看哪一件好看？”他说都不好看。他的眼睛仍是望着在他面前走过的人。有的挽起袖子去抽血，有的人拿着杯子去装尿。我说，“这一件好看，枣红色的，又气派又显年轻。”他把身子挪过来，瞅我手机上的枣红色西服。我给他买衣物，得遵守三个原则，一要颜色亮，二要款式年轻，三要由他挑价格。这一次，他仍是在最便宜的价格栏里挑，淘宝客服说这一款没码了。他只得同意往二百多块钱那家店里挑。

广播播出父亲的就诊号，我起身，父亲也起身，我把他按在椅子上。“我去拿。”我冲到拐角自助打印机去打化验结果，一共十八项，七个红箭头。三个向下，四个向上。我冲上三楼到泌尿科找周主任。

老天护佑！

我松了一口气，跑下楼，把单子递给父亲。他不接，只是问我，要插尿管子？

不用。

你骗我。

去问医生。

不准骗我。

我们就又上楼去。我向周主任眨了个眼睛。他会意过来，接过化验单。父亲绷直身子，盯着周主任的手。周主任一本正经地指着化验单上的数据看，一边看一边点头，这些数据都很正常啊，没有什么大问题，很好，很好。

医生，用不用插管子？

哪里到了那一步，您这是小问题。

那到了哪一步？要开刀？他连忙问道。

开什么刀啊，吃点药就可以了。

“哦，哦。”他哦两声，绷紧的背松弛下来。这时，那个体内装有缝纫机的老爷子从换药室出来了，他提着尿袋，浑身打摆子一样。父亲的目光又停驻在那个管子上。我走过去，扶住他。

这一次，我扶过去的手，没有被他推开。我又去牵他，他也没有缩回他的手。看呼吸科那次，天上刮着大风。过马路时，我伸手去拉他的手，他胳膊一摆，把手缩回去了。他宁可被风吹走。

走过泌尿外科的候诊长廊，我搜寻那个一边吃面包一边喝牛奶的人。他正安静地坐在长凳上玩手机，身边搁着半袋子尿。

6

走出医院，我去拦的士。他说，我还要做一件事。他说着往前走，我快步跟上。走到小天桥处，他在“飞扬照相馆”门口站住，说，我要照一张相片。

哪天我们去公园照，这小照相馆里都是假背景。

我要照一张那样的相片。

哪样的相片？

现在照着，到时候用得上。他轻轻笑了笑，我心头一震。我说哦。我不知道是恍然大悟，还是假装恍然大悟。只有一个“哦”是此刻的我应该做出的回复。父亲要照的是一张挂在墙上再也不能呼吸的相片。

“背挺起来，笑，对，微笑，肩膀，老爷子，您的肩膀放松一点，左边，左边的肩膀放松。看着前面，您儿女满堂，子孙满堂。您长命百岁。对，放松，微笑。好。”照相人拍下了他有朝一日要用上的相片。

“老爷子，您笑得好，开朗，敞亮，一看就是个体面气派的老人。有福气。您相片照得好。您来看，来看。”照相人把相机镜头给他看。他赤红着脸，不好意思说道，哪里，哪里，你们照相技术好，你们照相技术好。

竹子，你还记不记得你二叔的遗像？我不要那个样子，我要照就照一张好看的。到那天，你们给我用今天照的这张，你记得啊，莫忘记了。他脸色发红，还沉浸在“飞扬照相馆”得到的表扬里。

两年前，4 月 8 号，二叔的肉身躺在殡仪馆里，等着第二天的火化。二叔的相片坐在镜框里。二叔笑了，笑意在眉眼间徘徊。“笑”露出来五分，又缩回去三分。当初照相时，手持相机的人一定说笑一笑，老爷子，笑一笑。他的眉眼张开，笑，亮的光透出。瞬间，眉眼又垂下去。他笑得如履薄冰。

竹子，我给你交代啊，哪天我查出那个东西来了，你莫给我治。听到没有？

瞎说。

你听到没有，我不治。他的脸色垮下来，又要发脾气了。

不治，不治。

父亲是不会直接说“癌”的，我们林下村的人说到“癌”，都说“那个东西”。他们谈到癌，谈到被癌带去的许多人，会神色肃然：那个东西呀，那个东西。其余的话不必说了。他们说不过癌。癌说放过你，就放过你，癌一门心思缠上你，就只好交给它。

在林下村，一位老人知道自己被癌缠上了，他们的出路有两条。一条是拖着挨着，绝不上医院，绝不花一份无望的钱。钱花在癌上，值得吗？他们与癌耗着。耗时间，耗体能，耗到最后，呼吸没了，心跳没了。但儿女们的钱袋子保住了。儿女的钱袋子比他们的命要重。或者他们认为一条命和一株草一样，有生长，就有枯萎。被刀割，被牛吃，被秋风吹走，总有一种结束的途径。癌呢，不过是其中一种，犯不上和它刀刃相向赤膊上阵。还有一条路更简捷，不耗不争，直接拱手相让。癌想拿走啥就拿走啥。

村子里的明普爹爹，送到医院已是肝癌晚期。他打翻了药瓶，骂跑了护士，坚决地拔了针，回家。他到麦地里转了一圈，扯了几株狗尾巴草。草绕在他手腕上，很像跟着他回家的几条小狗。他想喝鸡汤。这辈子他最爱喝的就是鸡汤了，可是一年喝不上两次。他要留着鸡下蛋，给城里的孙子吃。那一天，他喝了，喝得畅快淋漓。他还喝了酒。儿子过年回家孝顺他的酒，一直舍不得喝。那天他喝了。喝完酒喝完鸡汤，家里家外的账做个盘存。欠了继想家的六百块钱，要还。术高家去年冬天答应留的晚稻种，要记得到去取。第二天早上，他喝了大半瓶农药，死了。

听到没有，我是不治的啊。你那个时候要是把我弄进医院，我爬都要爬回去，我要回林下村。见我好久不说话，他又粗声粗气吼道。

好好好，我听到了，那现在去买两种药可以吧。

你刚才不是在医生那里买了药？

这两种药医院没有卖的。

随你，烧钱，喜欢多余做一些事。他咕咕哝哝。

付钱，拿药。他怏怏不乐走在前面。他又不和我这个刽子手说话了。我就是一个刽子手，一点一点把他的疾病与衰老割下来，丢给世人看。他恨我，我也恨我，我为什么不能找到一种药，垫平他余生的路，让他更多的安宁，更多的欢喜。

还是三十年前的事。在他的魔鬼法训练下，我顺利通过了骑自行车大拐弯考核。作为奖赏，他带我去骑自行车冲下坡。我坐在车后面，双手紧紧地攥着他的腰。心里又害怕又期待，我们马上就要从四五十度的高坡冲下去。他加快速度，用力地蹬车，我把头靠紧他坚实的后背。他放开了握住车龙头的双手，我发出惊惧，狂喜的尖叫。恍惚间，有种不在人间的飘然——他用俯冲的力量把我举到欢喜的巅峰。

“色色王”传奇

1

房子左上角搁着一个大火炉，炉子里烧着十一块煤。底下两层各摆四块，最上一层三块。火旺，烈，照得半间房子红亮红亮的。八个大茶瓶沿墙根一字排开。

“色色王”瘸着左腿，从麻将桌边斜着身子穿过来，拎起瓶，倒上一杯，再斜着身子穿到自己的麻将桌前。两张桌子间的空隙，足够他通过，他偏要斜侧着。这一斜，左手就蹭到“嚼嚼婆”的背上，顺势摸过去，嬉笑一声“自摸”。“嚼嚼婆”反过身来抓他，骂“你个老不死的”。“色色王”左腿一瘸，右腿一跳，躲过了。“你个老不死的。”坐在旁边一桌的齐婆婆也骂。她也被摸过。“色色王”只是觍着脸笑。

“满月嫂”拎着茶瓶过来，给“嚼嚼婆”添茶。一边添茶一边念叨“赢钱，赢钱”。

“赢个鬼哟，五十块钱眨个眼输完了。”“嚼嚼婆”嘟囔，赌气般，端起杯便喝，喝一大口，烫得嘴巴打战，“哎哟哟，小高，小高，你要谋财害命啰。”说着，“嚼嚼婆”将一张幺鸡“砰”的一下掼到桌上。“乌龟刘”笑眯眯起身，摊牌。他身边一个看客老头子大叫道“清一色”。定睛看去，“乌龟刘”和的正是清一色条子。一张四条一张五条一张六条，一张六条一张七条一张八条，三张二条，两张九条，一张二条一张三条，正好赢一条幺鸡。看客老头子连叫“清一色，清一色”。说着还要动手去摆牌，一腔兴奋劲实在是按捺不住。“色色王”的对桌“局长张”恶言恶语道：“你么意思，能个什么？我们没长眼睛看牌？”看客立马收回手，讪讪道：“帮你们理下牌嘛，清一色。”

“输死了，输死了，屁股都坐木了。”“嚼嚼婆”嚷起来。一下午，她只赢了两小牌。这“卡五星”麻将的规矩是，赢家才有资格下场休息一会，喝个茶，遛个弯，轻松一刻，下一场从容上阵，有可能又继续“和了”。这叫“吃肉又喝汤”，好事占尽。可怜那输钱人，眼睁睁看钱落进别人口袋里，自个儿还钉子一样钉在板凳上，没工夫喘口气，输得心急火燎热汗流。愈急愈手气背，愈发不得离凳轻松。这叫“剥皮又抽筋”，死无完尸。

这时，“色色王”抬头看了看正面墙上的挂钟，时针指到了四点半，离五点钟散场还有半小时。

2

“色色王”王爹爹，七十三岁，“夕阳红”麻将馆的主力军。每日去“满月嫂”处报到，不误过一场。“满月嫂”待他亦不薄，泡茶时，自是与他人另眼相待。麻将馆的茶叶，毫无看相，碎屑，不成叶片。一袋碎茶叶，喝到末后，袋子里只剩茶屑了。碎小碎小的，味同嚼蜡，但终聊胜于无，喝着茶呢。喝茶，打牌。后湖一带老人们的顶级享受。“满月嫂”在茶屑里拣出稍大的片片，给“色色王”泡上。

王爹爹住后湖东路十八号，与后湖东路十号的“夕阳红”隔了不过五十米。他出门一把锁，进门一孤影。“夕阳红”里大声的“碰牌”，大声的“和了”，还有缭绕的烟雾，此起彼伏的咳嗽，吐痰，都是热闹的。“热闹”是盏灯，王爹爹是趋灯的蛾。

馆里热闹爹爹很有几个。彼此揍两拳头，摸一摸对方的光头，把对方搭在椅背上的外套藏到乌龟盆那里，抢过对方的烟发给全场老爷子。诸如此类。有句老话是怎么说来着，说老小老小。老了，老了，就慢慢回到小时候的做派，闹性子，逗着玩。

“色色王”爱逗婆婆们，多用言语上的指涉。来，要不要我的“幺鸡”？吃“幺鸡”。“幺鸡”是麻将牌的一条，影射男人裤裆里那玩意。摸了，摸了，摸了两坨坨。两坨坨就是两筒，指向女人胸前两堆东西。也有小动手脚的时候，摸“嚼嚼婆”的背，戳汪婆婆的腰，捶张婆婆的肩。

“你个老不死的，老流氓。”婆婆们每天骂他不下二十次。

“你个老光棍，摸没摸过两坨坨哟。”一个知他根细的人揭他老底。

他呵呵地笑。不说摸，也不说没摸。

“色色王”和他的光棍大哥是后湖东路这条老街上的原始老住户。大哥九岁时右腿患小儿麻痹，瘸了。十二岁时高烧，烧得脑袋很有点拎不清，人称“王傻子”。俩兄弟光棍了一辈子。

社区工作人员上门扶贫慰问，推门，一股霉气扑面来，几十年没照进过太阳一样。屋里一床，一桌，两椅。床头边一桶。桶是大木桶，半人高。桶里满是烟蒂，估摸有几百个。想必是一个老光棍靠在床这头吸，一个老光棍靠在床那头吸。也不晓得吸了多少个日夜。社区书记鼻腔一阵犯涩，眼眶泛红，拉着大光棍“王傻子”的手问：“老人家高寿？”大光棍愣着，直看着书记，不言语。社区书记又问：“老人家高寿？”大光棍结结巴巴问：“高……高寿……是……是哪个？”社区书记领悟过来，自己敲自己脑袋一巴掌，“老人家，您是哪一年出生的”？大光棍“哦”一声，说“我属鸡。属鸡？不是哦，我属狗。呀，我属狼，属狼”。大光棍边说边点头。

大哥没死前，“色色王”一手提凳子，一手扯着瘸腿大哥，天天到后湖东路十号报到。一个左瘸，一个右瘸，身子各向一边倾着，竟有种奇特的齐整。大哥安顿在大樟树下。后湖东路沿边植有许多樟树，树龄十年，十五年，三十年，年岁不等。遮阴避雨，乘凉歇脚，方便得很。大哥树下傻坐，傻笑，流哈喇子，打瞌睡。“色色王”打五毛钱一牌的“卡五星”。

三年前，大哥过完他一生的傻日子，死了，“色色王”仍住在后湖东路十八号。社区动员“色色王”去住福利院，他不去，又动员他侄子接他回去住，社区给一定补助。侄子同意，“色色王”不同意。社区工作人员说“您这么大年纪，一个人住，我们不放心”。“色色王”说“政府放心，放心，我不会给你们添乱的。你们看，这麻将馆隔壁左右都是人，万一我有个三长两短，保证有人晓得”。

“你个老鬼到底为么事不搬走，你那个鬼屋里还能住人？”有人问“色色王”。

“住了几十年，习惯了呗。”“色色王”乐呵呵地说。

“树老怕挪根，人老怕挪窝。”“嚼嚼婆”说，大伙就不再问了。哪棵老树愿挪根呢。树一挪根，那是要挪死的。

今天，“局长张”不知哪根神经出了问题，赢了牌，下场喝茶的间隙，神神道道地将“嚼嚼婆”拉到门外。“这个老家伙怎么死都不肯搬家，么意思？”

“老了，不想动嘛。”

“这老家伙，肯定还记挂那个……”

“记挂么事哟。”

“记挂那个，那个欧阳婆婆，才不肯搬。”

“人半边身子都埋在黄泥巴了，还扯这事。”另一个老头不屑地反驳。

他肯定还在等欧阳婆婆回来，等欧阳婆婆来。找他。“局长张”说。

“你在说评书吧，搞得这神乎。”“嚼嚼婆”转身要走，急着去赢下一场。

“那哪个晓得哩。欧阳婆婆不是来找过他吗？”

“找了又么样，你又不是没看到。”“嚼嚼婆”叹了口气。

“再以后恐怕是要死心了哦，再莫起这心思。”“局长张”也叹了口气。

“什么死心不死心，他又不是小偷，起什么坏心思。”“嚼嚼婆”顶“局长张”一句。“局长张”却不往下说了。过了一会，问“满月嫂”：“小高，你还记不记得半年前，欧阳婆婆来找他。”

“哎呀，莫提，莫提。”小高给“局长张”续完茶，匆匆走开。走到“色色王”身边，轻言细语“王爹哦，您老喝点茶”。

“喝呀，喝。”“色色王”应着。“王爹哟，你是不是不舒服，人看上去一点精神都没有。”“满月嫂”不放心，又问。“没事，没事。”“色色王”游离的眼神收回一点，笑道，“你只管去招呼别人，莫管我。”

3

老板“满月嫂”，十八岁时，人们叫她小高，三十八岁时，人们叫她小高，今年四十八岁了，人们还是叫她小高。不叫她小高叫她什么呢？麻将馆里的牌手们，随便哪一个都是六七十岁，七八十岁。半年前，在她馆里死去的汪老爷子，九十二岁。你说，这些牌手总不能叫她老高吧。

“满月嫂”整个人的味道与“小高”之间其实还是蛮对等的。一张脸，仍鼓鼓的圆圆的，满月似的。这满月的脸，与十八岁的满月，比较来比较去，唯一迥异之处，是月亮生了锈，锈迹斑斑。“人老珠黄”这个词也不是我们老祖宗凭空造出来的。女人们过了四十八，想不黄，不可能的。然而，“满月嫂”烫了大大的波浪卷，女孩子们一般流行的板栗色。一件豹纹毛衣，开衫的，胸口处开得低。一条黑色皮裙，屁股包得紧实。胸前挂一个包，在十五张麻将桌间，花蝴蝶一样穿梭。

“王爹，喝个茶哟。”“李婆，今天手气好哇。”“满月嫂”的每句话后面都带一个语气词，扬上去，拐下来，嗲嗲的，糯米一样。等到十五张麻将桌人员坐定，一张一张陷入鏖战，“满月嫂”趴到自家小卖部柜台前缓上一口气。

小卖部柜台上摆着廉师傅方便面，（放心，肯定不是康师傅，康师傅三块五一包，太贵，廉师傅二块钱一包）农伕山矿泉水，（也放心，肯定不是农夫山，农夫山二块钱一瓶，农伕山一块钱一瓶）还有八毛钱一根的鸡肉火腿肠，五毛钱一个的小面包。此单生意并不红火，只充当麻将馆的一个点缀，照顾某些人的特别之需。有人一连赢了上十牌，不破费买几个面包分给同桌者，面子上说不过去。也有一些老抠门的，赢十牌，也不肯破费。“下一牌，下一牌再买。”他们一牌牌往下推，推到下一牌输了，理所当然不用破费了。“色色王”却是逢赢必买。一买一大堆，同桌者吃，观战者也吃。他越买，越赢钱。“满月嫂”给他拣的茶叶片愈发大了。有一次，单独给“色色王”泡了一杯“碧螺春”，被“局长张”瞧见了。他将杯子重重地搁在桌子上，说，“小高，你么意思，一样的客人两样对待，我们打牌没给你场子钱么？”“满月嫂”尴尬地笑笑，答不上话来。

“色色王”这样的好老爷子让小高很省心。馆里来了新人，摸不清底细，不知新人是温和性，还是急躁性。遇上急躁的，输了十块八块，拍桌骂娘，恰巧对手也是急躁性子，这场牌不免狼烟四起，最终不欢而散。新人再也不会到“夕阳红”，小高就白白损失了一个稳定客源。可是倘若和“色色王”做同桌就万无一失。输了不急，赢了分红，皆大欢喜。

安排谁和谁同桌，让小高头疼。“拉郎配”要配得人人满意，大有学问。张婆婆先到馆里，她喜欢的同桌人杨爹爹没来，小高赶紧打电话“杨爹呀，您老怎么还不来，等着您赢钱哩”。杨爹爹说“这几天手气背，今天不打，歇一场”。小高接上一句“赢久必输，输久必赢，您老爷子今天就转手气”。杨爹爹说“哎哟，输不起啰。”小高说“谁不知道您杨爹是个大款啦，一个月退休钱两三千块。一天三餐餐餐喝排骨汤都喝不完。”杨爹爹说“你这个小高又瞎说，我哪是什么大款，几个养命的小钱”。小高说“张婆婆就夸您老气派，牌风好，张婆婆等您老，等好半天哦”。杨爹爹在电话里笑。不到十分钟，杨爹爹来了。同来的还有杨爹爹的老伴“嚼嚼婆”。“嚼嚼婆”嘴巴厉害，输了也嚼舌，赢了也嚼舌。这个难不倒小高，牌场里自然有抗嚼功能强的老爹爹。比如说“乌龟刘”，一个哑巴，自己不说话，随便他人怎么说怎么嚼舌，他笑眯眯的，不急不恼。老爹爹和老婆婆同桌，男女搭配，干活不累。这是“拉郎配”首要法则。自家老婆子老爷子床头床尾看了一辈子，再换另一张老脸看看，也算得上打麻将的一个福利。

说起这拉郎配，还得感谢“局长张”的“么意思”。

老爹爹们和老婆婆们搭配完毕，总有那么几位宁可作观客，也迟迟不肯就座。观客中有如“局长张”类的，自持品相非凡，不肯随意屈就。端着自家茶，在十几张桌子间晃，晃来晃去。没有旗鼓相当的选手，他们宁可空着。和局长相匹配的对手起码也应该是个长之类的，科长院长厂长等。如同“局长张”那样赤裸裸通报“我是农机局张局长”的，毕竟属奇葩，但小高经了“么意思”的敲打，眼里看人更添了三分火候。对方一举手一投足便透出他们这辈子营生的痕迹。局长是局长的味道，科员是科员的味道。螃蟹鲈鱼和萝卜白菜各不相同。小高瞄准了，拉郎配，一配一个准。

另一类观客则是将钱看得重的老者，输一块钱也要懊恼一晚上，十二张麻将牌在梦里不停打架。他们在桌间踯躅，实在断定不了今天哪一个人的手气会比自己还背。也有第一次经过后湖东路十号的路人，进门瞧个热闹，打探个虚实。小高端茶让座，比对已入座者更是热情十分。这些潜在客源，马虎不得。“局长张”一桌的场子钱是20元，“色色王”一桌的场子钱是10元，大鱼小鱼都是鱼，20元10元都是收入。

元宵节，送碗小汤圆；端午节，送个小粽子；中秋节，送个小月饼。小高儿女一样殷勤，送到每个老爹爹老婆婆手上。殷切切地叫，婆婆，爹爹，你们放心哦，糖分不多。请问哪家这样大格局，几十号人一起过节呢？几位情感脆弱的老牌手眼眶都红了。“小高，来添杯水。”“小高，给我来一根火腿。”再叫唤小高时，牌手们粗大嗓门柔软了许多，像叫自己的儿女。

后湖东路开设了五家麻将馆，“夕阳红”的生意最红火。房里摆十张桌子，另五张桌子摆到马路边的樟树下。清宁城里，后湖东路这条老街历史老古。三四十年前，人们上清宁城，奔着后湖东路来。那时，也不叫后湖东路，叫跑马街。街上能跑马，那阵势可想而知。如今，溃败了，住户以老弱为主，老的老，弱的弱。营生呢，以老业为主，废旧回收的，修整自行车的，一块钱卖一斤旧书书摊的，兜售假冒伪劣民国碗清代瓷器地摊的，做铝合金门窗的……街那边，一顺儿香樟树。枝叶欣荣，树冠楚楚。树下，二十张老脸咳痰，摸牌，喝茶。

今天的十五张桌子照样坐满。都是老搭档，知根知底，输多输少也不大起争执。“局长张”却是神经出了问题，竟然扯着“色色王”坐了一桌。也不如往日一样大谈国事，只引“色色王”谈些老街旧事旧人。“色色王”却是兴头不足，敷衍言语。

4

“局长张”确实是一介局长，现年六十八岁。以清宁城农机局副局长身份退休。农机局有三个副局长，张副局长排第三位，负责办公室接待一项。

局促的麻将桌间，“局长张”端着杯，挺着背，不屑一切地踱。邋里邋遢的，寒寒碜碜的，尽不入他法眼，不屑与之为伍。其实，许多人也不乐意与他为伍。坐在他上家的人，若是碰牌，他会不高兴。人家一碰，他失去了翻牌的机会。坐在他下家的人，若是跟着他出牌，他也不高兴。跟着出，么意思，没新牌了？

“么意思”是“局长张”的口头语。

小高第一天和他打交道，就遭遇了“么意思”。

“爹爹，您坐呀，坐。”小高笑着一张脸迎他。他端着杯不理。“爹爹，您坐，您坐。”头发梳得顺溜溜的爹爹还是不理她。小高甩着两手，不知如何是好。“你么意思？这么多爹爹，我晓得你在叫我？”“我叫您呢。”“我是农机局张局长。”小高赶紧改口：“张局长，您坐。您坐。”

“张局长，我给您泡杯茶。”小高说着，便去抓茶叶屑。抓了两片，停住手。“局长张”举起他的杯，晃给她看。杯里的茶绿生生立着。晃着的还有“局长张”无名指上的方形金戒指，晃得小高眼花。

“张局长，来，来赢几牌。”

“再说，再说。”“局长张”继续踱，踱来看猫。

猫是小高的猫。全身精黑，偏偏头顶一块淡淡的白。衬得那黑毛更黑了。猫整日趴在小卖部柜台上，老僧入定似的，一声不出。大概是活到了一定年岁，看惯了人间嘴脸，不太屑于与人亲昵。到底有几岁，又说不准。小高捡到它时，是一只流浪猫，瘦得只剩几根骨头架子撑着，蹲在“夕阳红”门口。小高早上一扫把甩过去，赶跑它。谁知，中午它又蹲在门口了。小高再赶，跑了，晚上又蹲了回来。“嚼嚼婆”说“小高，这是老天爷送给你的‘财喜’哦”。我们清宁城有句老话，猪来穷，狗来富，猫子来了开当铺。猫到好运到，财富到，俗称为“财喜”。小高的麻将馆子刚开张不久，正需要吉祥兆头。于是，小高抱起这“财喜”，一抱就抱了几年。

通常是在晚上七八点钟，扫净一地的烟蒂瓜子壳痰茶叶末，小高笑了一天的脸不笑了，说了一天的嘴不说了，小高的男人窝在电视前看永远也看不完的战争片。男人木讷，一天说不上三句话。十年前，工作的清宁棉纺厂倒闭，男人下岗失业。现在“夕阳红”专事点头，笑，抹凳子，炉里添煤，倒茶。小高抱了猫坐在香樟树下歇着，手抚着猫，从猫头到猫尾，一遍遍地抚。猫懒懒地缩在小高怀里，双眼发出幽幽的蓝光。偶尔，路人上前来摸摸猫头猫身，夸一句洋洋乖。小高回应一句洋洋乖。

小高的儿子倪铎宸小名叫洋洋。倪铎宸武汉大学毕业，又考到上海，硕士博士连读，交了上海女朋友，三个春节没回后湖东路。一街一屋的老人气，回不得。去年腊月二十五中午，倪铎宸打电话明确告诉小高，不回来过春节。小高下午去银行汇款，将二十八万零八千八百八十八汇到倪铎宸账上，电话里胆胆怯怯，“铎……铎宸，爸妈没能耐，先只能帮衬这点了。

明年开春了，我凑一点再汇过去。看能不能替你付个房子首付。小高又说“铎宸……”铎宸打断了她，说“晓得了，我手机上收到汇款进账短信了”。小高还有的话来不及说。小高原本想说“铎宸，我汇的钱数有五个八哩，八八大发”。（为了准确无误地叫出儿子“倪铎宸”这个大名，小高跟着隔壁的汪老师练了半个多小时的普通话。真不知道儿子的姑姑当年为什么要给她的侄子取这个名，太拗口了，存心让小高读不准。小高习惯了叫儿子洋洋。有一次倪铎宸在电话里说，再别叫洋洋洋洋，土里土气的。儿子那声音有些不耐烦，有些鄙视，还有些清冷。小高就不敢再叫洋洋了。）

“局长张”用手碰了碰猫背，猫趴着不动。再碰，不动。再碰，猫扭过头，冷冷盯了“局长张”两眼。“么意思？你这猫。”“局长张”悻悻离开。

馆子里有病的老人居多。前列腺增生的。直肠位置出现异物的。胸部透视可见阴影的。肺气肿的。心脏里装有支架的。牌手们的肉体残缺不全。

常年喜欢坐在外面打牌的一对夫妇，老爹爹胃癌，切去了三分之一的胃。老婆婆乳腺癌，左乳及腋下淋巴全部切除。塌陷的半边胸，衣服总是扭向一边。老夫妇好斗嘴。因为老爹爹不听话，嘴馋。路边卖各种小吃，汤圆，炸油饼，腊肉炒豆皮，越是不能吃的，他越想吃。“老子死都要死了，还不让老子吃。”老爷子行蛮，偏要吃。老婆婆说“你死，死干脆利落些，把胃都切了算了”。老爷子就不吭气了。过不了一会，又有卖糯米糕的推着车过来。老爷子起身招手。老婆婆盯他一眼，说“糯米糕，糯的，胃消化得了”？老爷子低头，恶狠狠地看自己的牌。

“局长张”的高血压算不上大病，但是个隐性炸弹。可能心肌梗死，可能脑出血。种种可能让小高对“局长张”恭敬有加，不引爆他的血压才好啊。哎，倘若人有老猫老乌龟的定性，大概就少了许多隐性炸弹的威胁。小高的“夕阳红”实在是叫人惊心动魄。

5

老乌龟是“乌龟刘”的龟。

“乌龟刘”，哑巴。他天天卖乌龟，卖的又是同一只乌龟。一只真正的大乌龟。背面直径达二十厘米左右，脑袋有一个壮汉的拳头那么大，爪子张开，与壮汉的手掌大小相似。众人围观，议论纷纷。不知道千年乌龟是不是这个样子。

有人问价格。刘老头伸出右手，做个九。九十？刘老头摇头。九百？刘老头摇头。另一个人比画出九，说九千。刘老头点头。九千？抢钱啰，谁买？刘老头就是不改手指。九千的龟从何而来？“色色王”与刘老头手脚并用，连比带画，搞清楚了。龟是刘老头在一个水库弄到的。到底是不是事实，人们不能确信，刘老头又不能言语，更增加了龟的神奇。人们只是指点围观，不买。千年的东西熬成精，普通人消受不起。

刘老头每天拎着绳，站在紧临后湖东路的市场入口处。绳下面系着那龟。

集市散场了，刘老头牵着龟，三步一缓地过了旧书摊，过了自行车修理摊，到“夕阳红”。大伙只知道有钱有闲的人遛狗遛猫，没想到还有人“遛龟”，兴致就高得很，西洋镜似的看，小高也是兴致盎然，顺手接过绳子，将龟保管在一个大脚盆里。猫从柜台上跳下，趴在盆边看龟，龟兀然不动。猫看一会，埋头睡，睡一会，再看。

一件松松垮垮的旧夹克套在刘老头身上，风一吹，衣服就一荡。夹克的袖口和领口磨破泛白了，手腕上还缠着一条灰不拉几的毛巾。按自身的物质价值排名次，刘老头属于整个馆子里第二等寒碜人。第一等寒碜人是“色色王”。许多老婆婆喜欢和“色色王”同桌，听他素话荤话一大堆，也喜欢和“乌龟刘”同桌。哑巴刘老头，输了钱又不能骂娘骂老子，不管输牌赢牌，他总是一脸笑眯眯的。

笑眯眯的刘老头刚开始并不会打“卡五星”。他牵龟经过麻将馆，那些没打牌的老头子老婆子拦住他，看龟。顺带议论下这些年他们看过的许多稀奇古怪。小高适时地端茶送水，拉到牌桌边。他摆手。不会？我们教嘛，老婆婆免费教。“色色王”煽动。“嚼嚼婆”主动请缨。教了三天，刘老头赢了“嚼嚼婆”四十三块钱。一和牌，刘老头就立马站起，摊牌，摊手指。一个指头表示一块，两个指头表示两块。大伙取笑“嚼嚼婆”：这叫教会了徒弟打师傅。

刘老头家住离城几里远的陡河村，有两个儿子，大儿子在深圳做电子生产，小儿子在西安做建筑业。前些年，两儿子创业，刘老头和老伴帮忙看管丢在老家的孙子。后来，孙子大了，分别被接回深圳西安去了。刘老头和老伴失业。再后来，老伴脑出血走了，大儿子接他到深圳去。住了一个月，摆手跺脚吵着要回陡河。住在 35 层楼上，悬得高高的，接不了地，不踏实。西安也不用去，同样的高楼，悬着，孤零零一人，好似一个高空铁牢。村子里至少还有一些和他一样的老头老太太们。

然而，这两年，老头老太太们活的时日也快到头了，一个个活成了老樟树叶子，经不住风吹。每到冬天，寒风一刮，就刮走几个。连着两年，刮走了七个。淋巴癌的，直肠癌的，胃癌的。还有的，生前也没去医院查病，就那么死了。有一个 A 老太太死在家里三天，才被另一个 B 老太太发现。A、B 两个老太太前些时约好了，邀着一起上集市买两斤麻花回家吃。到约定时间，B 来喊 A，拍门拍了半天，拍不开。B 老太太心知不妙，赶紧紧地叫村里人来踹开门。只见那 A 老太太一双赤脚硬冰冰翘着，头蒙在被子里。村里一个胆大的人上前一拉被子，猛然两声尖叫，掉头就跑。众人战战兢兢望去，老太太的两个眼窝窝空着，叫老鼠给抠空了。

刘老头在“夕阳红”里了打了十天的“卡五星”，小高接到了他大儿子的电话。“我们那里，三村四湾的，方圆几里，凑不起一桌打牌的老人。在你这儿打牌，好。高嫂子，要是哪一天我爸没去卖龟，没去打‘卡五星’，麻烦你一定一定给我们打个电话。”大儿子将家里座机电话，公司办公电话，两个手机电话，一并告知。“高嫂子，你放心，我给您付双倍的电话费。”当天下午，小高手机上多出了三百元电话费。小高打电话过去，说：“你不能这个样子，我可没有照管你爸的义务。”“嫂子，好嫂子，我的亲嫂子，我们担心他死在家里烂了没人知道。求你了，他哪一天没来打牌，一定一定给我们打个电话。”电话里，深圳老板又是千叮万嘱，又是千恩万谢。

“嚼嚼婆”想象力很发达，猜测乌龟的真实来路：大儿子买的，供刘老头遛龟，消遣。“局长张”嘲笑，只听说遛狗，没听说遛龟的。呵，短见识了吧，不光是遛龟，还有遛蛇，遛猪的，遛什么的都有。“嚼嚼婆”终于逮住了“局长张”也有弄不清的地方，狠狠地耻笑。“局长张”盯着脚盆的龟看了会，说“么意思，这世道，乌龟比儿子还亲”。

过了些时日，“满月嫂”给“乌龟刘”的大儿子打电话，“你爸，现在有个伴了。”

“有伴了？那好，那好，男伴还是女伴？”

“男伴。”

“男伴？男伴也好，男伴也好。”大儿子的言下之意是，若是女伴，两个人搭伙过日子就最好了。

这男伴不是别人，正是“色色王”。散了场，“色色王”和“乌龟刘”两人钻进后湖东路十八号。阴暗的房子里，一个择白菜，一个洗米。灶上火苗闪烁，照得两张老脸印堂发亮。

6

“夕阳红”里难得有安静一刻，人声比自动麻将机清洗麻将的声音还要大。牌手们大都耳朵不大好使，说起话来，吵架似的，嗓门都大。“嚼嚼婆”嗓门最大。

“我这好的一手牌，大和的牌，都怪你拿错了牌，真是的，我这好的一手牌，大和。”庄家不小心多叫了一手牌，必须推牌重来。“嚼嚼婆”气坏了，多好的一手大和牌浪费了。

“你说了碰牌的，咋不碰，说了碰就要碰。”上家原说要碰牌，又没碰。一张牌决定一场牌的生死，怎么能说碰不碰哩。“嚼嚼婆”不依不饶。

“嚼嚼婆”对几个牌手不依不饶，对自己也不依不饶。

“这一张，这一张？”她抽出一张牌，看了看全场的牌，手晃了晃，收回牌，改抽出另一张。

她的牌刚一落桌，对家说，“和了”。

"哎哟，我说这张不能打不能打，臭手，臭手。""嚼嚼婆"懊恼地自己右手打自己左手。

"嚼嚼婆"和"色色王"是馆里最热闹的两个角。一个热闹在手，一个热闹在嘴。小学教师退休的"嚼嚼婆"，嘴巴"嚼功"了得。杨爹爹被嚼了一辈子，嚼得蔫蔫的，在牌场里类同"乌龟刘"，轻易不开口，像个活菩萨，深得张婆婆喜爱。

"嚼嚼婆"的儿媳不受这嚼。两人戗着呢。儿子结婚七年多，才得一子。一家人欢喜得不行，使出百千般武艺侍弄小家伙，只是媳妇有媳妇一套，婆婆有婆婆一套。媳妇抱小家伙出门晒太阳，婆婆说，不行，外面细菌多病菌多。媳妇晚上睡觉拉开窗帘缝一点点，婆婆说，不行，夜风重。媳妇将小家伙放在床中间睡，婆婆说，不行，你们两个大人瞌睡沉，一翻身，压着了孩子。媳妇把小家伙放在床一边睡，婆婆说，不行，孩子掉到床下你们都不知道。"嚼嚼婆"在儿媳床旁边搁了一张单人床。房间里形成四人睡觉格局，一张大床上，儿子睡最外边，其次儿媳，再其次孙子，另一张单人床紧并着大床，上面睡"嚼嚼婆"。媳妇喂奶把尿，"嚼嚼婆"在一旁倒茶倒水递纸巾。忙完了一阵，"嚼嚼婆"还要追记刚才的喂养流程：九点睡，十一点喂奶，哭了三分半钟，拉了稀软的屎，半夜一点半喂奶，拉尿……

刚才拉屎，你看清楚了是什么颜色，黄色的，还是灰灰色？她摇醒昏昏欲睡的儿媳。

您烦不烦啦？

烦？你们年轻人就不晓得摸索规律，好记性不如烂笔头。多记几天，就晓得孩子什么时候吃奶什么时候拉屎。

儿媳一烦之下，扔下三个月大的孙子，独自回娘家去了。临走，甩下一句话“您去摸索规律，我歇几天”。

摸索到第三天，一贯孝顺的儿子脸色阴沉，您能，您能，小宝喝了牛奶再不肯吃母乳，看您怎么办？“嚼嚼婆”只得甘拜下风：算了，算了，我的好心当驴肝肺，你们想怎么弄，就怎么弄，我不管了。单人床灰溜溜地撤了出来，每天准时准点赴“夕阳红”。媳妇将娘家妈接来，俩娘有说有笑逗小家伙。

“嚼嚼婆”不光将单人床从儿媳房里撤出来，也将自己和杨爹爹撤到了后湖东路十五号，住进他们的老房子。单独住着，自在。儿子儿媳倒巴巴地，隔个三五天，打了电话来亲近。真正应了“近了是冤家，远了是亲戚”的古训。

“现在的媳妇，不知好歹。”提起媳妇，“嚼嚼婆”一头的火。婆婆牌手们哪一个没与媳妇干仗？一人说，众人和。麻将馆的又一个福利就体现出来了：讨伐媳妇，想怎么讨就怎么讨。一屋子的婆婆，一屋子的辛酸泪，一屋子的战争史。

麻将馆里被“嚼嚼婆”嚼得最多的，当首推“局长张”。

“今天又抹了几多啫喱水？头发光光的，张局长。”

“麻将字打出来，落地生根啰，莫要打出来了又反悔。领导要有领导的派头。张局长想清楚了没有哦?”

“今天又有么国家大事，张局长发布新闻嘛。”

“嚼嚼婆”这是在报仇。

想当年，自家老伴杨爹爹身为杨干事，市农机局办公室一名普通办事员，受了“局长张”多少气啊，动不动，就是一顿劈头盖脸的呵斥。杨爹爹之所以今天蔫蔫的，“嚼嚼婆”将罪过全算在“局长张”头上。

“局长张”只笑听，不反击。妇人嘛，最大能耐不过是逞口舌功夫。她不怕费口水，让她费去。何况，她也不过是刀子嘴而已。那天散场时，“嚼嚼婆”走到“局长张”身边，小声说句“头后面也要抹一点啫喱水”。原来，“局长张”的头发也存货不多，头上东一块西一块空着，呈秃头之势，全靠啫喱水抹抹掩盖。后脑门上面那里没抹啫喱水，露出一大块的白。“嚼嚼婆”看得也生恻隐之心，“老了哇，老了，不服老也得老”。

“色色王”被“嚼嚼婆”骂老不死的骂得最多，领受她的软心肠最多。“嚼嚼婆”炖了排骨藕汤，泥鳅老黄瓜汤，必指派杨爹爹先送一碗到十八号。逢年过节，约几个老街坊去“色色王”那里坐坐。

“她在代替欧阳婆婆照顾他哩。”“欧阳婆婆肯定托付过她。”两位长舌婆婆私下里嘀咕。

“嚼嚼婆”作为这条老街上的原始居民，是欧阳婆婆出阁前的闺蜜，也是“色色王”与欧阳婆婆当年情事的见证人。今日帮欧阳婆婆分担一部分也在情理之中。

“老鬼，你这两天七魂丢了六魂半的，咋个弄的？”相比起一天被骂二十次的老流氓表现，这两天“色色王”手脚老实许多，伸手摸婆婆们的背只有三四次。“嚼嚼婆”不放心。

坐在下手的“局长张”欲言，又止。捏着一张一条，叫，幺鸡，幺鸡，谁要幺鸡？

7

墙上的挂钟走到了四点五十分。

李婆婆来到了“夕阳红”，仍旧一身深蓝色薄外套，一副咖啡色眼镜。知识分子的范。十五桌麻将场上的牌手出牌就更加谨慎了。不用看挂钟，大伙心里明白，李婆婆一来，就表示即将散场。赢者要竭力抵抗，保住胜利成果，输者要咸鱼翻身，力挽狂澜，赶回几个本钱。

“局长张”的老伴李婆婆曾是清宁城中心医院一名妇科主任，现在被返聘坐专家门诊，每天下午两点到四点半的班。下班后，四点五十分到麻将馆，接“局长张”一道回家。小高说“婆婆，你好性子啊，每天都来接爹爹，恩爱哟”。李婆婆说“谁接他了？顺道的事”。李婆婆瞥了一眼“局长张”，又撞了撞小高的胳膊，笑着说“我家那个是不是事多，难招呼”。小高连忙说“哪里，哪里，很好的爹爹，哦，不，不，很好的张局长”。李婆婆说“死老头子，退休了上十年，还没适应过来”。李婆婆又望着“色色王”笑，问道：“王爹，你今天又买了几多袋廉师傅？”

临近散场，小高忙得飞转，要收每一桌的场子钱，要帮他们算账。小高拿着本子，一个个核实他们支取的扑克数。打牌时，牌手们不直接付现钱，而是付扑克牌。一张扑克牌相当于五毛钱。打牌前，先到小高那里支取扑克牌。结算时，如果支取的成本扑克是三十张，最后只剩下十张，那就输二十张，共计十元。如果成本扑克数是二十，最后六十张，那就赢四十张，共计二十元。

“嚼嚼婆”最后半小时，转败为胜，多出十张牌换回五块钱。她赶到杨爹爹这边帮他算账。算完了，骂杨爹爹“你本钱二十张，现在十六张，只输四张扑克牌两块钱，怎么输四块钱，老糊涂了。”赢家张婆婆坚持说她赢了八张扑克。小高赶过来，重新捡起上一场牌，帮他们看牌算错了没有。一个五角两个五角好算，五角钱一多，老牌手们就犯糊涂。

一五得五，二五一十，三五一十五，小高正在念乘法口诀，忽听得背后一声大叫“老鬼”，再回头，“色色王”踉跄几步，人晃了几晃，木板一样后仰倒地，牙关咬紧，浑身抽搐。李婆婆从人群里挤出，众人慌忙让路。她伏身查看“色色王”的瞳孔，又掐他的脉搏。

"嚼嚼婆"大叫，小高你快点打电话，快点。小高说，打了打了。门口，"乌龟刘"和另外几个爹爹忙手忙脚将桌子椅子往左右两边挪，给120急救车清出过道。李婆婆又看了看"色色王"的瞳孔，问"他这两天没有说脑袋不舒服"？

"这哪个晓得。"

"怕是不行了。120呢，120。"

"死了好，死了好。受了一辈子罪，总算死得干脆。"

死得干脆，不拖泥带水，是每个老牌手的暮年心愿。半年前，在这儿走的汪老爷子，九十二岁。汪老爷子摸到一张牌后，突然趴在桌上不动了。小高赶紧从他口袋里掏药。掏上衣口袋，没有，又掏裤子口袋，没有。平时带在身上的"救心丸"，怎么就没有了呢？小高慌得冷汗直冒。众人叫叫嚷嚷中，汪老爷子平平静静就断了气，走得痛快。牌桌上摊着他的一副"清一色杠上开花"大和牌。

老爹爹老婆婆们眼红汪老爷子有福气。几分钟就死掉了，真正的功德圆满。这样的死，自个舒服，子女也舒服。若在病床一拖几个月几年，想想都可怕。

"他好像没有说头疼发晕。"同桌李爹爹努力回忆"色色王"今天的表现。

"他今天打牌有点心不在焉，有气无力的，是有点不一样。""满月嫂"捏紧拳头，心里发虚。这叫什么事呢，麻将场成了死人场，半年就死了两个。刚死去个汪老爷子，现在又死去个王爹爹。

李婆婆看完瞳孔，摇了摇头。

“王老头要是倒在家里，鬼才晓得。”杨爹爹说。

“这下好了，一前一后死了。”“局长张”突地冒出一句。

“谁一前一后死了？”有人问。

“局长张”抬眼找老伴李婆婆。李婆婆摸着“色色王”的脉搏，轻言轻语道：“欧阳婆婆前天喝了农药，送到医院，抢救无效死了。”

“咋走这绝路？”

“宫颈癌晚期，半年前我给她看的病。”

“哦。”

“哎呀。”

大伙恍然大悟，只知道哦哦哎呀了。忆起半年前，欧阳婆婆来找“色色王”的情形，不胜唏嘘。

“后湖东路十号，十号，快点，快点。”小高在催120。

“是不是你告诉他欧阳婆婆的事，我叫你不要多嘴的。”李婆婆脸一转，厉声问“局长张”。

“我哪个说了，我没说，我那么多嘴搞么事。”“局长张”急着辩解。

紧紧抓住“色色王”另一只手的“乌龟刘”也急，急得啊啊啊乱叫。

昨天，他的小儿子从西安回来看他，找到“色色王”家里，说到村里老人死得差不多了，又说到刚喝农药死的一个欧阳婆婆。隔壁村李家湾的。“色色王”一连声地询问那家人情况。几儿几女，做何营生。

“走了好，走了好。”“色色王”连道两个走了好，脸色发白。

120 来了，一行人急急往医院赶，留下猫和乌龟，一个趴在盆里，一个趴在盆边，懒洋洋的。墙上的钟敲响了。

铛，铛，铛，铛，铛。

五下，散场。

好了，故事讲完，“色色王”坟头上要长草了。如果你们还要我往下说，我就只得说说发生在半年前的那一件事。

半年前，一位婆婆从“夕阳红”走过，惊起一群人。

老是老态了，该有的褶皱纹路全齐了，眼角的，脸颊的，嘴角的，边边块块的，都是。人消瘦，满脸蜡黄，神色眉梢却轻盈，透出“心随所愿”的宁静。

“回了？”

“回了。”

问话的是嚼嚼婆，答话的是欧阳婆婆。

欧阳婆婆淡淡笑着，径直沿后湖东路向前走。左手拎着一个包裹，右手拎着一个包裹。碎花布包裹，裹得严实。包裹看上去不甚重，大概是衣物之类。

“欧阳婆婆娘家早就没人了，老祖屋也卖到别人名下。她这是回到哪里去？”

“这下，两个老家伙要在一起了？”

“再不在一起，死了，没戏。”

一群人众星捧月围了嚼嚼婆，听她往几十年前的情事里开讲。

“色色王”与欧阳婆婆一同在跑马街上长大，自有“青梅竹马”的意思。十八九岁时，爱情发了萌，两人眼对眼，心对心。王后生家却没有一条适合姻缘的理由。脑袋拎不清的哥哥，两个待嫁的妹妹，脑袋也有些拎不清的老父亲。谁家愿意女儿落在这苦窝窝里？欧阳女子许给了一个李姓木匠。嫁日前几天，王后生第一次扔下父亲兄长不管，独自出门。人们说，出去散几天也好，免得怄气。嫁日正当天，王后生回来了，人陡然瘦了好多，眼里也少了些精神，然而，嘴里嚼着喜糖，脸上挂着笑，帮着欧阳家抹桌抹椅摆酒席，又帮着挑嫁妆送到街口。“这娃心硬着哩。”老人们说。

李姓木匠是个敦实青年，田地活计做得漂亮，木匠活也做得漂亮。和欧阳女走在大路上，也是郎才女貌的妥当般配。结婚第一年，欧阳女回娘家，见了王后生，笑着，赤红了脸，说不出合适的言语。王后生接过李姓木匠递过来的烟，也笑，不多话。等到欧阳女生下儿子，脚底下有了村野妇女仓促缭乱的步姿，两人再见面，能问一声“吃了么”“明天要下大雨”。

乡里乡亲的招呼寒暄里，历史翻过了“青梅竹马”这一页。只是王后生还光棍着。“谁愿意进我这穷窝窝。”王后生自我解嘲。

李姓木匠三十五岁那年，骑自行车去王湾做家具，乡间公路上一辆东风大货车横冲过来。当场没了命，丢下欧阳女子和三个孩子。自此，逢到农忙，王后生天不亮就赶到李家庄，插秧，锄草，打药，收谷，打场，晾晒。直到天黑透了，看不见田埂。欧阳女子让三个孩子叫他舅舅。李氏宗族的人起初对这娘家大舅也客气亲热。一个女人拉扯几个孩子不容易，多亏了这娘家大舅帮衬。几年下来，李氏家门有些微言，又不是亲舅舅，为的是哪般。李氏的大儿也长到十五六岁，满脸的青春痘，随时都要掀桌倒椅的叛逆，横眉冷对，再不肯叫他舅。农活还是要做的，只不过改到了夜里。有月光时趁着月光，无月光时，就着一盏马灯，王舅舅一个人割谷，打场。天蒙蒙亮了，一个人回跑马街。

后来呢，后来？众人问究竟。

后来，左腿瘸了。这条瘸腿有几个版本，一说是李氏家门的几个族人把他按在稻田地里打瘸的，另一说是族人们把他按住，李氏的大儿子抡起杨树棍子打瘸的。谁抡起的棍子是版本之争的焦点，争来争去，没争出个定论。总之，王舅舅左腿瘸了。

再后来呢，后来？众人再问。

你们没长眼睛，没看到哇。“嚼嚼婆”很不耐烦。

事实就是大伙长眼睛看到的，再后来，欧阳女变成欧阳婆婆，王后生变成王爹爹。一个再未嫁，一个从未娶。

没意思啊，眨个眼，一生就过去了。众人感叹着，散到各自麻将桌前，一二三条，一二三万，摸牌打牌。不到五点钟，“嚼嚼婆”提前散了场，其他桌上几位老原始住户也散了场，一起相跟着去后湖东路十八号。

欧阳婆婆袖子挽起，蓝白相间的罩衣围起，擦桌擦椅。那只装过儿百个烟蒂的木桶已被洗净，搁在门口。“色色王”分发着烟，嘿嘿地笑。“老鬼，还不去买糖发给我们吃。大白兔糖。”“嚼嚼婆”说着也挽起袖子，几十年没照过太阳的房子，要统统翻过来大晒一场。

彼时，进入黄昏，泄了劲道的日光照在长了青苔的老墙角跟上，照着一群白头发上。人们扯起往事。某某哪一年病死了，某某哪一年老年痴呆走丢了，某某那年跟儿子去美国定居，临走前，在屋门口挖了一碗黄土带上了飞机。“局长张”不是土著，不清楚有些人物去向，很有耐心地问个仔细。“嚼嚼婆”也性子好，耐住性子解释。大好的日子，人人都是好脾气。事后，老人们回忆起来，用了一个词形容那天下午的光景。“闹洞房”。说笑间，真正是“闹洞房”的味道。与年轻人的“闹”不一样，年轻人闹腾的是明天，他们回味的是昨天。

往事正在一件一件往外扯，一辆金杯小面包车嘎的一声刹住，停在后湖东路十八号，车上跳下来两个人。四五十岁，脸上虽是挂了一层寒霜，细看眉眼，仍看出类似欧阳婆婆。来人一个是李氏大儿子，一个是李氏小儿子。“色色王”赶紧拿过一张刚擦过的长凳，很快地用袖子抹了抹。“坐，坐。”一个儿子礼节性地冲一圈人笑了笑，转头对“色色王”说，“你也莫劳神，几十年了，你莫想这个心事。”欧阳婆婆小声说道“凡儿，不要这个样子。”“不要这个样子，要哪个样子？跟我们回去。”另一个儿子从屋里提出两个原封不动的包裹。

“走啊。”

“我，我……”欧阳婆婆声音里有了哭腔。

“走啊。”

欧阳婆婆抖着手，解背后的罩衣带子。一解，再解，还是不开。

“嚼嚼婆”一行人心口发凉，说不出话来。

包裹怎么样地来，又怎么样地回去了。

包裹的最下层，一张诊断单子还没来得及拿出来给“色色王”看。不看也罢，免得他伤心。单子被大儿子藏着，她找出来了。她不怕那单子，不就是死么，哪个人活到最后，不被一种病两种病弄死？欧阳婆婆揣着单子，吃了定心丸，收拾包裹，往当年的王后生，当今的“色色王”这里赶。

儿子却是要将骨灰扒回去。

儿子说：妈，你莫以为你离家出走，就可以和他在一起了。你死后，我们照样把你的骨灰扒回去，和我爸葬在一块。

热血战士王美丽

1

在我脑海里倾诉衷肠的人远远不止九个。

早上我在槐荫公园走路，他们跑出来，和我叽叽呱呱。晚上我睡不踏实，他们也出来，贴在天花板上，站在窗台上，靠在我枕边，和我絮叨。每个人都有三肚子的话要说。说那些道不尽的生死，道不完的悲欢。我在前面写到的汪作成，色色王，还有三四十年四五十年后，一钵骨灰被提炼成 0.3 或是 0.6 克拉钻石的我，莫不如此。现在，写到第九个人。我即将收篇，暂告一段落。世间的衷肠却又这般的绵亘千里，我要选出最后的那个谁？

一个女人跳将出来。

她咬紧牙关，蹲马步，她握紧了双拳，眼神坚定，目视前方，一个完完全全的热血战士。“我准备好了，你来吧，来。”她恭候她的对手。

这个女人叫王美丽。

大伙要是略加回忆，王美丽这个名字并不陌生。在《重症监护室》里我说过她，用了比较大的篇幅。王美丽高个，丹凤眼，一笑两个梨涡，在脑外科守护植物人老公。那年她34岁。

她本来不叫王美丽，叫王四红。她的植物人老公也不叫高兴，叫高振邦。那时候，医生已经下了断语“病人醒来的可能性不大”。她盯着问，“医生，你是说有可能性？”“有，不大。”“多大？”“百分之……百分之十，百分之十左右。”“百分之十？好好好，百分之十，很大很大了。医生，多谢你，多谢你。”她身子上前，两个胳膊一拥，抱住了医生，一个大大的熊抱。年轻的男医生给闹了个大红脸，她笑开了花。

你看，她还笑。这个女人就是这么爱笑，爱美。

病房床头抽屉里摆着她诸多护肤品，瓶装的，罐装的，日霜，晚霜，眼霜，粉底液，BB霜。我说，“王美丽，你成天待在科室里，把自己弄得这么漂亮给谁看？给药水瓶子看！”

“给我家高兴看啦，要是他哪天醒了，一睁眼，看见面前一个丑八怪女人，他一脚不把我踢开才怪。是不是啊，高振邦，高兴？”王美丽嘟起嘴巴，向高兴抛媚眼。

这天早上，王四红擦洗干净了高振邦的脸，拍了男士爽肤水，抹了男士面霜。她蹲在高振邦病床前，轻言细语道：高振邦，从今天起，你是我的高兴；我，王四红，是你的王美丽。我美丽，你高兴。你高兴，我美丽。OK？O 不 OK？

OK，当然 OK。她自己回答自己。

床上的高振邦剪着寸板头，胡子刮得干干净净。眼面前这个男人，即便只是一摊毫无意识的肉体，王四红也要叫他看上去清清爽爽。一天刮一次胡子，两个星期理一次头发。王四红的巧手做起这些活来，不在话下。高振邦张大嘴，打了个大大的哈欠。打完哈欠，嘴角上扬，又笑了笑，很惬意的样子。其实，他这些举动与“惬意”与“笑”没丝毫关系，只不过是高振邦面部肌肉无意识动作，给人一种“活着”的感觉罢了。我不满足，在一旁叹气，哎，要是高振邦真的能笑，那就好了。王美丽一双漂亮的丹凤眼瞪我，喂，我家高振邦，现在叫高兴，你要叫他高兴。

高兴，高兴。我附和她。

你叫我呢，你叫我什么？她追问。

王美丽。我回答。

正确，一百分。王美丽笑嘻嘻地竖起胜利的剪刀手。

高振邦，高兴，我们来做手部按摩啦。

高振邦，高兴，我们来做脚部运动啦。

高振邦，高兴，我们来吃面糊糊啦。

脑外科走廊里到处是王美丽的声音。叫一声高振邦，再叫一声高兴。热烈烈的，像一团火。王美丽就是一团火，热烈得很，驱散了许多阴霾。我的，其他家属的。在医院里，不管你是做义工还是做家属，没有阴霾是不可能的。

幸而有王美丽。

2

从哪里说起呢？从我们在公园里散步说起。

那时候，高振邦已经从重症监护室转到了脑外科，身份为28 床病人。

出医院大门有一座公园，园中一大湖的水。曲曲折折的湖堤上长着樟树，栾树，杨树，还有低矮的灌木丛。有月亮的晚上，树影婆娑，清波如辉。人在这月下走一走，心头轻松很多。这天晚上，高振邦的大哥到医院来替换一下王美丽，王美丽就到护士站寻我。我正在手机记事本上写日记，她靠在护士站门口伸手招我。我俩勾肩搭背下楼，去公园。

她聊我听。聊她今天学会了一种新的编辫子方法，并且在8 床陪护家属头上尝试过了，大获成功。“8 床那个家属，你看到过的，四十多岁的人，披着个头发，邋邋遢遢的，一脸苦相。我替她扎了这个新辫子，人立马精神了，至少年轻了五岁。”“你的手巧哇。”“不是手巧不巧的事，是你自己想做一个什么样的人。我才不想让我家高兴看到我那个邋遢样子。你看，看我的发型。”王美丽歪着头要我看。我说“你哪样都好看”。这是真心话。王美丽心里有一团热烈的火，脸上就有光。脸上有了光，人就好看了。“看看，看看嘛。”王美丽堵在我面前。高高的发髻束在她头顶中央，耳边垂吊着两三缕微微卷着的发丝。她的脸愈发显得精致妩媚。“我偏不叫那个对手看我的好戏。他走一步，我走一步。他再走一步，我再走一步。他想三步内将我的军，我呸，我偏不让他将。”

这样，王美丽就和我聊到了她的对手。

对手是个什么东西？对手就是你一生下来和你作对的那个家伙。你们有文化的人叫他命运。什么命运不命运，就是和你作对的东西，是你的对手。对手啊，对手心眼子窄，比一根绣花针的针眼粗不了多少。最爱嫉妒人，见不得人日子过得好。你过好了，他就出来作梗，使坏。哼，他是个什么东西。

王美丽语速之快，大有将对手置于死地的浩然之气。

在没有出这个车祸前，我和我家高兴过的是什么日子，你还记得吧？

记得，记得。我说，于是我复述她家的作息时间表：早上六点钟，高振邦起床，替王四红母女做早点，或者蒸包子蒸馒头，或者炒花饭拌热干面。米酒煮鸡蛋是每日必需的。因为有利于王四红养气血。七点钟，高振邦去“高家肉铺”做生意，王四红起床，送高曦上学，买菜，择菜。中午十一点半，高振邦做完生意接高曦放学回家。中饭后，高振邦洗碗，王四红不洗碗。高振邦爱惜她的手，不能洗糙了洗老了。中午两点钟，高振邦送高曦上学，王四红进麻将馆。四点半，高振邦接高曦放学，回家做饭。五点，王四红回家吃饭。七点钟，高振邦给王四红揉肩捶背。打麻将打得王四红肩疼背疼。

你看，在这场仗当中，我是不是赢了？王美丽很认真地问我。

肯定呀，肯定赢了，我说，哪个女人过得上你这样的滋润日子。你家高兴说了啊，他负责赚钱，你负责花钱。钱花不完，又不能拿到太阳底下晒，拿到炉子边去烤，那就要生霉，多可惜呀。

你不晓得，我的对手，就是你们说的那个命运，差一点就赢了。我爸妈不同意这桩婚事。

他们听信了我们村里人的鬼话，说我一朵村花，偏要插在一个杀猪的头上。高兴村里的人，也扇阴风点鬼火，你个杀猪的，娶这么好看一个媳妇，看你守不守得住。

你赢了啊，在这之前，你们过得多好，哪个人不羡慕你和高振邦。高振邦会做生意，对你又好。确实，高振邦没有遭遇车祸前，大半个北城区吃的猪肉都是由“高家肉铺”供应的。高家三兄弟的“高家肉铺”连锁店开了六家。高振邦在家里虽然排行老三，却是连锁店的掌门人。

你莫要以为我王美丽这双手只会用来打麻将。那时候，我们结婚不到一个月，对，第十六天。我记得清清楚楚，我们10月1号结婚，10月16号我就到肉案摊子那里去了，替高兴打下手。他不让我去，怕别人笑话我，也笑话他没用。结婚十几天就把一个漂亮老婆拉出来帮忙卖猪肉。我说我凭自己一双手做事，怕谁笑话呀。洗猪肠子，洗猪肚子，剁蹄子，砍骨头，我样样都会。最初一个月，我整整瘦了十八斤。每天起早床，睡不足觉是一个原因，关键是吃不下饭。哦，不是怀孕了，是我一端起饭碗，就感觉闻到了那种猪腥味，血腥味，眼前就晃动着血糊糊的猪肠子猪肚子，我恶心，我吐。过了好长时间才适应。后来，我剁蹄子剁骨头比我老公还麻利。那么重的大砍刀，提起来就砍，指到那里砍那里，要一斤砍一斤，要两斤砍两斤，不多不少。我那时候怎么那么大的力气啊，浑身使不完的劲，一天到晚不知道累。王美丽眯缝着双眼，忆起多年前的砍肉生活，一脸的沉醉。

你那是打仗呗，拼一死命。我说。

对的呀，就是要打仗。你还真是说对了。要是不打仗，不把那个对手打倒，我和高兴的日子过不好，两个村子的人会笑死，把牙齿都笑掉。呵呵，让他们去笑，笑掉门牙。王美丽说着自己就笑起来了。

我们继续沿着湖畔走，月光在头顶上缓缓移动。一条鱼跳出水面，泼剌一声划破了月光。王美丽立在湖边，看着漾起的微波出神。过了一两分钟，她说，我家高兴在路上走得好好的，为什么一辆车要撞上来，它撞高兴的胳膊也好，撞腿也好，为什么撞到他的脑袋？对手，对手这个王八蛋，一肚子的坏水，他见不得我过好日子。

让他狠，让他狠，王美丽说着往前快走，我让他先赢这一步，棋盘子还没收起来，我看他再走哪一步。王美丽走在樟树的阴影下了，她环视四周，此时公园里除了我，就是她，别无他人。她抬起左手按在右乳房上，沿着乳房边缘顺时针画圈圈。“一圈，两圈……”边画圈边计数。

这又是什么说法？我问她。守着植物人老公的王美丽总是有许多新鲜说法。

比如说，我们脑外科的家属就不明白她为什么要把高振邦改名字叫高兴。守着一个植物人还有心情高兴？这个王美丽不是疯子就是个傻子。王美丽说，我为什么不高兴呢？我赚了十个月啊，我从老天爷手上捡回来十个月。你想想，要是车祸那天，我家高兴脚一蹬，眼一闭，人走了，我和我姑娘曦曦就成了孤儿寡母。现在呢，现在不是啊。我还有一个老公可以喊，我曦曦还有个爸爸可以喊。他不答应我们是他的事。反正我们有一个可以喊的人。这不值得高兴啊？真是的！

她把右手按在左乳房上，再次沿着边缘顺时针画圈圈。“乳房按摩，不懂啊？”王美丽嬉笑。我傻笑，我实在搞不明白王美丽干吗要乳房按摩。

王美丽将左右手交叉着放在两边腋下向胸前推动，说道，作家同志，这叫推腋下淋巴，疏通乳腺，防止乳腺增生，防止乳腺癌。他能走一步棋，看三步远，我也能够走一步棋，看三步。

谁走一步看三步？我没反应过来。

命啦，命那个家伙呀，就是我们的对手。我们这几年生活得好，他假装没看见，忍气吞声让我先赢一步。他这叫放长线钓大鱼，这不，他下了毒手，把我家高兴弄成这个样子。

那你怎么走一步看三步？你这个“乳房按摩”与对手有什么关系？

你忘记了你讲的那个乳房故事？我们要早点行动起来，保卫乳房。王美丽振振有词。

乳房的故事是我上个月讲的。我们先开始聊的是交朋友。我说假设一个人一生中一定得有一个朋友，我肯定选医生。这是没有办法的事。活在这世上，你没有金刚不坏之身，你就得与医生过招。交上医生朋友，过招时稍稍会有一些伸展后退的空间。

王美丽点头称是，说，我不是交了你这个朋友吗？我说惭愧惭愧，我不是医生，我只是个教护理系学生文化课的老师。她说，你比起我来，就是一个大医生了。我说医生们经历的事情，我想都不敢想。她说，你说件事情我听听。

我说我有个甲乳外科的医生朋友，男的。所谓甲乳外科，是治疗甲状腺疾病和乳腺疾病的。有一天下午我去约他参加晚上几个朋友的聚会。在他办公室等。我等了又等。6点半钟，他精疲力竭从手术室下来。

他说，一下午三个？

我问，三个？

做手术呀，做手术挖掉三个坏掉的乳房。

哦。我的“哦”压低声音，把恐惧惊诧吞进肚子里。王美丽听到这里也哦了一声。

男性朋友说，一个月下来，我挖掉的乳房至少要装两脸盆。两脸盆？我惊慌慌地望着他。

这倒是我在小说里没探究过的。我是女人，我也没想到每一张漂亮脸后隐瞒了什么。

王美丽追问，后来你们去吃饭了？

吃了啊，酒桌上有一盘东坡肉。我朋友夹起一块东坡肉就吃，吃得嘴巴两边油直流。

你呢，你不吃？东坡肉好吃吧。

我……我朋友给我夹了一块，我吃不下去。

我晓得你为什么吃不下去了，哈哈。王美丽大笑，要我说呀，你得吃，东坡肉要吃，乳房也不能叫你的朋友割掉了。

这个乳房故事讲过了就讲过了，哪里知道王美丽的日常生活加入了乳房按摩这一招。她的新鲜说法是，我胸前这个地方不能坏了，不能让对手把我这里拿去了。我家高兴……

你们家高兴怎么的，他喜欢……？我瞅着她，坏笑。

哎呀，你个坏女人。王美丽撞我的肩膀，脸上起了害羞之色。

3

这天上午，我带了一瓶面霜去找王美丽。她上次说到给高兴抹的面霜有点干，我家里正好有一瓶保湿效果很好的，可以送给高兴。刚走进脑外科，只听得走廊上吵吵嚷嚷，一派喧哗。27 床家属一脸的怒气，你们愿意高兴是你们的事。你凭什么管我们，我们哭妨碍你么事？你是院长？你王美丽院长规定了不能哭？

嫂子，你哭就能把他哭好了？你哭他就能爬起来？成天地哭啊嚎啊，也没见到哪个人把病给哭跑了。王美丽还在笑。

我是没有把我男人哭好，你倒是把你男人高兴好了啊，你笑啊，你成天笑，你男人病好了？哼，也只有你这种人做得出来，一个男人都成一个半死人，还一天到晚捡了金元宝一样。27 床家属冷笑，怼她。

一闻此言，王美丽的脸色立马变了，她手指着 27 床家属，你给我说清楚，说清楚，谁是个半死人？我们家高兴能吃能睡。

嗤，能吃能睡？半死人都能吃能睡。27 床家属的大姑子补上一句。

你才是一个半死人，你……王美丽话不说完，冲上前来就要伸手抓那小姑子，众人连忙将两个女人扯开。王美丽这人，性情本是爽朗，在脑外科又得了个“无心无肝”的桂冠，你和她说啥都可以，但有一个死穴，绝对不能碰——你不能说高兴的半句坏话。

高兴和27床同住在14病室。隔帘这边睡着一个高兴，隔帘那边睡着一个27床。27床四十多岁，在建筑工地上做工，不幸从五楼跳板上摔下来。脾摔坏了，肺摔坏了，双脚双胳膊更不谈，整个人摔了个七零八落。目前，一条命暂时保住了，但人昏迷不醒。今天27床家来了三个探望者，一个老婆婆，两个五十岁左右的妇女。几个女人说着说着，呜呜咽咽起来。“命啦，这都是命，观世音菩萨不长眼睛。”王美丽在隔帘这边听到“命命命”，心里不舒服，想要发作，忍住了。三个月前她娘家的妈来医院看高振邦，在病床前头也是哭哭泣泣，怨天怨地，“四红啊，你这今后么办啦，老天爷瞎了眼睛。”王美丽当场就叫她兄弟把妈给拉走了。老天爷瞎了眼睛，人不能瞎眼睛。人还要活，还要打仗。

“观世音菩萨不长眼睛啊，观世音菩萨，这造孽的命啊，人怎么活哟？我的儿啊。”老婆婆拍着床沿，一声哭一声诉。王美丽掀开隔帘，“婆婆，你要哭，到病房外面哭。这里还睡着一床病人。”这话来得近乎不近情理，另外一个中年妇女说，“这才是稀奇了，这是你们家病房？”王美丽说“这是公家的病房，我是说哭解决不了问题，你哭我哭的，把人的信心都哭没了，好人都被哭坏了”。27 床家属不依了，她老早就看不顺王美丽的无心无肝：一天到晚，“高兴高兴”地叫，一天到晚像只花蝴蝶，从科室这头飞到科室那头，教这个编辫子，教那个按摩病人脚部。她 28 床家属活在天堂里，她们这些家属就该活在地狱里？27 床冷言冷语，说道，你的男人是别人哭坏的？你不是每天高兴来高兴去的吗，你去高兴啦。

众人将 27 床的家属劝走了，留下王美丽在走廊上。她抿紧嘴唇，泪珠子含在眼眶里颤巍巍的。她脖子一仰，手往脸上一抹，泪水给抹干了。她折回病房，坐在高兴病床前，发愣，好半天不说话。我去护士站叫来一个护士，拜托她帮忙照看一下 28 床。

美丽，去公园转转？我说。

王美丽站起身，拉开抽屉，拿出一张语文试卷，搁在高兴眼前。高振邦，高兴，昨天高曦考试了，看，92 分，全班第四名。你高不高兴，高不高兴？王美丽晃动着试卷，脸上又起了笑意。可是，眼角处显出了一丝哀愁。那笑，就有点点发苦了。

走吧，去公园转转。我挽住了她的胳膊。

公园里还是那一大湖的水，清凌凌的，在阳光下泛着金光。湖这边，有人在打太极拳。“左右野马分鬃，收脚抱球，左转出步，弓步分手。后坐撇脚，跟步抱球……”那打拳的人一身白绸褂，随着动作指令起步，落步，悄无声息。湖那边，却是鼓点分明，热辣辣的劲歌劲舞，“孤单的人有没有，别呆坐在那里发愁，随着音乐扭一扭，快乐是我们的朋友……”十几个女人身着白T恤衫黑健身裤，在歌声中送胯，扭臀，摆头，伸胳膊。

一对中年夫妇沿着亲水长廊手牵着手，在我们面前缓步而过。女人娇小，男人魁梧高大。女人依在他身边，就像一个小姑娘。小姑娘的嘴巴说不停，男人时而偏过头，看着她，时而应答她“嗯，哦，这样啊”。一只灰色的泰迪狗喜颠颠地跑在他们前面。“可可，可可。”它跑得太快了，男人叫它。可可扭过头来，摆了摆尾巴，欢天喜地向回跑。女人抱它在怀里，男人俯下身，亲昵地去摸可可的头。

这个时候，王美丽哭了。

先是抽泣，后来，她哭出声，小声地哭。她一手捂住嘴巴，一手用力地抠长条凳上面的木头。她的身子抖得厉害，十万阵飓风在她体内横冲直撞。

美丽，想哭就哭出来。我把她那只使劲抠木头的手抓过来，握在手里。她抱住了我的肩头，“啊……”一阵撕心裂肺的号叫。泪水滚滚直下，落了她满脸满胸襟。泰迪狗可可从女人怀里跳下来，冲着我们惊惧地“汪汪，汪汪”。湖那边，“孤单的人有没有，别呆坐在那里发愁……”无尽的循环。白T恤女人们，正将胯送出一个漂亮的弧度。

王美丽抬起头，望向那些葱郁的樟树，轻声说道，高兴在重症监护室抢救的那些天里，我哭过。医生最开始告诉我，他只能是植物人状态时，我哭过。我到北京天坛医院去找专家，我哭过。我以为我的眼泪哭完了。

我无言地看着她。她的眼睛被泪水冲刷过，格外的清澈。我心疼这个王美丽，我却说不出一句安慰的话。生命中的一些劫，一些对手，注定了只能一个人死扛。如果你不甘心缴械，举白旗。

走，回去，护士们有事，不能老让她们看护高兴。王美丽先站了起来。

上电梯，进十楼脑外科，路过“高兴分享室”，8 床家属从里面快步走出来，“你没事吧，美丽，你莫要把 27 床家里的话放在心上啊。我们刚才批斗了她，她是有些过分。你莫怄气。”王美丽直摆头，笑着说“没事，没事，我没怄气。你看你，你这辫子……”王美丽捋了一把 8 床家属头上松垮垮的麻花辫，“我先去给高兴按摩，等会帮你重新编。”

14 病室里，只有 28 床高兴了，27 床转到另一个病房里去了。

4

“高兴分享室”设在清洁工的休息室里。

两个月前，我去医院的文印中心制作了一块门牌，上面书写五个鲜红的正楷字“高兴分享室”，字下面配有三张笑脸的简易画。牌子挂在休息室门的正中央，一门的喜气。如此，王美丽的心愿初步达成。

她们这些人，成天愁啊愁，把自己愁得无精无神，怎么照看病人？

要是我每天唉声叹气，每天不吃不喝，我哪有力气给我家高兴翻身按摩，我有笑脸给我姑娘看？

天天哭，天天要死要活，病床上那个人他晓得？他鬼都不晓得。他还指望你照顾他。你说这哭有么用？狗屁用都没有。

“无心无肝”的王美丽发愁了，为她的战友们。她不管那些人要不要这个称谓，反正她认定另外那些床的家属与她在同一战壕里。

日子还长啊，这样下去，肯定不是个办法。王美丽皱紧眉头。

竹子老师你说，她们怎么就不能多想一想开心的事呢，高兴的事呢。没有开心事？有，就看你怎么想。比如说前一个星期，每天要输十二瓶药水，这个星期，每天只输十瓶，是不是一件值得高兴的事？

有道理，有道理，我忙点头，说，少打两瓶至少表示在某一个方面可以不用药物了。

对呀，再比如，你昨天不会蒸鸡蛋羹，今天学会了，能给床上的人补充鸡蛋营养，这算不算高兴的事？

算！

你家一件高兴的事，我家一件高兴的事，大家拿出来说一说，笑一笑，这日子不就好过些了？我们这些战友要学会分享，给彼此打气加油。王美丽捏起右拳头，在我眼面前晃了两晃，竹子老师，我们弄个“高兴分享室”，怎么样？你替我给医院说说。

我向主任和护士长转达王美丽的意愿，两位听了，相视一笑。主任说，这个王美丽呀，行！听她的。护士长说，王美丽这个点子好啊，多几位像她这样的家属，我们科室的笑声都要多一些。

脑外科确实不是一个多笑声的地方。脑袋开刀的，植物人的，脑内肿瘤切除的，头骨除掉的……没一个好东西。这脑啊，无病无灾时，能上天能入地，七情六欲样样来；坏了，破了，便什么都不能，伸个手指头，走一步路，眨个眼睛，都不能。一切都要重新开始，就像他得从娘胎里重新生出来一样。20 床一位男病人，四十七岁，开颅手术后，语言中枢失了灵，说不了话。我每次去科室看他，总会看到他年老的母亲，一边按摩儿子的手，一边教他说话。她上下嘴巴一张一合，咬准字音，说得很慢，“妈……妈……妈妈。”

8 床家属最先加入“分享会”。她也算得上是脑外科家属中的老资格了，照料躺在病床上的父亲三个多月。她手下两个兄弟，一个在北京忙生意，一个在上海忙生意。兄弟俩都忙，忙的间隙会加倍量地给姐姐汇款。“姐，你辛苦啊，我们走不开，只能辛苦你照顾爸。”姐姐苦笑，电话那头兄弟俩看不到。姐姐说你们去忙，有我呢。挂断电话，8床家属就要发牢骚，她憋屈呀，“读书的时候，我读到小学四年级，我爸不让我读了，说我一个姑娘伢，读啥书。我不到16岁，就去广州打工，赚一分钱都要寄回家，供两个兄弟读书。我爸说他们读书读出息了，自然不会亏待我这个姐。看，这就是他们的不亏待。他们就不能回来换我一天两天？让我歇半天也好啊。”那天，8床家属逮住王美丽又吐苦水。“美丽，老子真想打电话骂他们一通，只晓得汇钱。钱钱钱，钱堆在老子手上，能换老子睡一个安稳觉？一夜睡天亮，不用管病床上的那个。”王美丽说“好哇，好，你这个老子骂不出口，我替你骂。你听好啊，你们一个个滚回来，从北京滚，从上海滚，从钱眼子里滚回来。赚那个王八蛋的钱有么用，我们三兄妹捆在一起守着咱爸。我们天天欠医院的费用，天天让护士长催缴费。爸的这种营养药不用了，那种营养药也不用了。我们倾家荡产，我们是一个董永孝子，我们卖身救父……”王美丽还要恶搞下去，8床家属笑出了眼泪。王美丽说“你看看，你一笑起来，多好看，成天哭丧着个脸，丑死人了。你呀，多想点开心的事。要是你那两个兄弟不赚大钱，你爸能用各种进口药营养药？你的两个兄弟还是有孝心的，源源不断汇钱过来，还口口声声感谢你，知道你这个姐辛苦了。”

“我大兄弟下个星期飞武汉见客户。一见完客户，就坐动车回来。”分享会上，8床家属迫不及待道出她的喜讯。

“我家的，今天排便通了，早上拉了一大坨屎。”

“你们家用的是开塞露，还是乳果糖？”

“都用了，还用热毛巾敷他的肚子，按摩肚子。”

“昨天晚上，我做了一个好梦，梦到我家那个人能走会跑了。”

“你家那个人肯定要不了两天，就可以下床走路。”

“我学会扎针灸了。”

“你现在才学会呀，我好早就学会了。”

……

一圈人晒着自家的高兴事。20床的刘婆婆坐在分享室里静静地听。“刘婆婆，你们家的呢，你儿子……”王美丽问。

“我们家，我们家……”刘婆婆眼泪簌簌地落。

“刘婆婆……”王美丽走过去，挨着她坐。

“我儿子，刚才……刚才会叫我妈了。”刘婆婆的眼泪簌簌地落。

“好啊，好啊。”一圈人鼓掌，笑。笑着笑着，脸上都挂了泪。

5

鼠神经生长因子，小牛血清蛋白，胞磷胆碱，醒脑再造胶囊，醒脑开窍针法，高压氧舱法。医学上能使用的全给用上了，但是没有用，高兴就是不醒。王美丽揣着我们医院的治疗方案又跑了一趟北京，去天坛医院找先前看过的专家。专家给出结论“医院方案十分完善。”王美丽哀求道，“医生，我求您给再看看，再看看，您看还有没有可以增加的方案？不管是药物方面的，还是像针灸一样的。求您了！只要您觉得可以试一试的新方案，我们都愿意试。说不定，一试就好了呢。医生，求您了！”王美丽弯下腰，给专家深深地鞠了一躬。专家看着眼前这个三番两次找到北京来的家属，无奈地摇了摇头，“怎么说呢，除非，除非你相信奇迹。”

王美丽是相信奇迹的。有一天，她喜滋滋地提了一大包糖果到科室来，“喜糖，喜糖，吃喜糖。”她大呼小叫地沿路分发。她家高兴还是那个只知道吃饭拉屎的 28 床，王美丽何喜之有？

我们家原来种了一盆太阳花，每年五六月份开花，整个家里都是香味。高兴来这里后，我这几个月没有时间管它。前两天，我到阳台上面找东西，一看，那盆太阳花窝在角落里，枯得不成样子了。我不管三七二十一，死马当活马医，当场给它浇了两瓢水。今天我再回去看，我的个乖乖，它活了！

咿呀，这是大难不死啊。

是啊，我几个月没管它，两瓢水竟然把它浇活了。

王美丽，你们家这盆太阳花是个奇迹呀，好兆头。逢凶化吉，遇难呈祥。家属们一个个嚼着喜糖，眉开眼笑。脑外科，太需要这盆大难不死的吉祥花了。

你们晓不晓得这盆太阳花谁种的？王美丽笑靥如花，压低了声调。众人心里早已有底，只是故意不答。王美丽高声叫起来，高兴，我家高兴种的，高兴种的太阳花。

既然一朵花显出了她的奇迹，花的主人也该有如此。

王美丽怀抱着的“奇迹之念”从未消解过。

只是，奇迹会在哪一天？从重症监护室转到脑外科已经快一年了。

脑外科刘主任必须找家属谈话。他得考虑28床的经济承受能力和精神压力。

王美丽，我们现在排除掉一切感性因素来谈谈你家高振邦，哦，谈你家高兴。高兴这种情况，医学上能采取的，我们全用了。要是……要是还不肯放弃的话，最好的办法是出院回家护理，维持病人的生命体征。或许……有一天病人就醒过来了。

这是最好的办法了？王美丽轻声问道。她冲着刘主任微笑，手上的活没停。她在折纸花。

目前，只能这个样子。刘主任说着低下头去，王美丽这一笑叫他无法面对。他和护士长一起送走顺利出院的病人，一个又一个，但他送不走她家的高兴。他低下头去看王美丽手上的活。王美丽手巧，任何一张纸，经她一折，折出玫瑰，折出满天星。折出的花专为了送给那些出院的病人。“祝贺你呀，同志，打了个大胜仗!”笑容可掬的王美丽手捧玫瑰把得胜者送到电梯口。

怎么样给病人翻身拍背，防止褥疮，防止深静脉血栓，还要做一些脚部手部的康复训练，防止病人的肌肉挛缩，关节变硬，我听你在分享会上讲过，你讲得非常专业。主任说，高兴回家的医学护理和康复训练，和在医院差不多。不过，这是一件非常辛苦的事情，你们家属要有思想准备。

王美丽没说话，她把手中的折纸轻轻地一叠一拉，一朵漂亮的玫瑰盛开在主任面前。刘主任，好看吗?

好看。

刘主任，谢谢您，我们明天出院。

有需要的时候，随时给我们讲，我们派人到家里去提供后续的护理指导。

刘主任，我家高兴有一天肯定会亲手接过我折出来的玫瑰花。王美丽边说边将红色的玫瑰卡在刘主任的病历夹上。

6

王美丽买了一张医用气垫床，接高兴回家。

关于他们的回家生活，我没有多少可以写给你看的。一个对手如果咬紧了你，与你咬成胶着状，你又不肯撒手，那么你就得把胶着状当日子，一分钟一秒钟地过。

3 月 12 日：

早 7 点，给高兴刷牙洗脸，雾化祛痰：盐酸氨溴索一支外加上 10ml 生理盐水。

早 8 点，100ML 牛奶，鸡汤 200ML，苹果汁 50ML。

9 点，翻身，高兴侧卧位，叩打臀部以及背部。用 50% 的酒精按摩受压部位。

9 点 40 分，输液两瓶，营养脑神经，催醒。

11 点，翻身，脚部针灸。

12 点半，西红柿和菜花打磨成糊状，鼻饲管喂食 150ML，鱼汤 150ML，温开水 60ML。

下午 1 点半，给高兴上开塞露，排便约 150 克。

下午 2 点，给高兴翻身，仰卧，对肩关节、肘关节、腕踝关节进行屈、伸、外展、内旋等功能锻炼。

下午 2 点半，高兴嘴唇干燥，用棉球蘸水湿润。

下午3点，米汤100ML，西兰花汁100ML，和高兴看音乐频道。

下午5点，扶高兴起床，坐在床上40分钟，锻炼高兴的颈部肌肉。手部按摩。

晚上6点，胡萝卜汁100ML，黑芝麻和黑米糊糊，鼻饲管喂食，200ML。温开水70ML。

晚上7点半，清洗口腔，擦洗身体。

晚上8点，翻身，按摩，针灸。

晚上8点半，高曦和高兴看动画片。

晚上10点，翻身，按摩。

3月13日：

早7点，给高兴刷牙洗脸，刮胡子，理了一个头发。

早8点，豆浆100ML，骨头汤150ML，鸡蛋羹100ML。

早8点40，胃管护理。

9点，翻身，高兴侧卧位，按摩。

9点40分，输液两瓶，营养脑神经，催醒。

11点，翻身，脚部针灸。

12点，瘦肉羹150ML，西红柿和菜花打磨成糊状，200ML。喂水60ML。

中午1点30分，高兴排便，约100克。

下午2点，高兴痰多，雾化祛痰一次。

下午2点半，给高兴翻身，仰卧，按摩手部、肩胛和脖颈处。对肩关节、肘关节、腕踝关节进行屈、伸、外展、内旋等功能锻炼。

下午 3 点，蛋白粉 150ML，橙子汁 100ML，陪高兴看电影频道，一边看一边讲给他听。

下午 5 点，大哥来，帮忙扶高兴起床，固定在起立平台上，站立了 45 分钟，锻炼高兴的腰肌和下肢力量。

晚上 6 点，胡萝卜汁 100ML，黑芝麻和黑米糊糊，鼻饲管喂食，250ML。鱼汤 100ML。

晚上 7 点半，清洗口腔，擦洗身体。

晚上 8 点，翻身，按摩。

晚上 8 点半，高曦和我一起做手工折纸给高兴看。

晚上 10 点，翻身，做针灸。

3 月 14 日：

早 7 点，给高兴刷牙洗脸，雾化祛痰：盐酸氨溴索一支外加上 10ml 生理盐水。

早 8 点，豆浆 100ML，骨头汤 250ML。雪梨汁 50ML。

9 点，翻身，让高兴左侧卧和右侧卧。臀部、背部按摩。

9 点 40 分，输液两瓶，营养脑神经，催醒。

11 点，翻身。上肢康复训练。

12 点，瘦肉鸡蛋羹 150ML，西红柿和豆腐打磨成糊状，200ML。喂水 60ML。

下午2点，按摩高兴腹部，用了开塞露，仍然排不了便，用手抠出约150克。

下午2点20，给高兴翻身，仰卧，按摩手部、肩胛和脖颈处。下肢康复训练。

下午3点，草莓汁100ML，米粉100ML，和高兴看综艺频道。

下午4点55分，大哥来，帮忙扶高兴起床，固定在起立平台上，站立了50分钟，锻炼高兴的腰肌和下肢力量。

晚上6点，南瓜汁100ML，黑芝麻和黑米糊糊，鼻饲管喂食，200ML。米汤50ML。

晚上7点半，清洗口腔，擦洗身体。

晚上8点，翻身，按摩。

晚上8点半，高曦和高兴一起看动画片，唱歌。

晚上10点，翻身，按摩。

王美丽和高兴回家一个多月了，我很想他们。这天，我去王美丽的家。

还没进高兴的房间，就听到瓦格纳版的婚礼进行曲，其间掺杂着一阵阵欢笑声，掌声，叫好声。走进房来，只见高兴被扶坐在床上，正在看大投影仪上的录像。播放的是当年高振邦和王四红的结婚现场。一身挺括的灰色西服，头发顺溜得蚊子脚都站不住。王美丽云髻高耸，大红的旗袍。两人面对面，行夫妻对拜礼。司仪叫出“一鞠躬”。两人同时弯腰，惹得众人哄然大笑。他们隔得太近了，头碰到了头。司仪又叫“二鞠躬”，高振邦后退一步，行出了一个漂亮的对拜。众人端起酒杯起哄，“亲一个，亲一个”。

高振邦，高兴，你看你的脑子转得多快呀，要不是你赶紧撤那一步，我的头又要撞到你，是吧，高振邦，高兴。王美丽轻轻地拍着高兴的脸。高兴微微笑，目光仍是直直地看着画面上两个新婚人。“微笑”？面部肌肉无意识动作？我不由得凑近一点，仔细瞧那脸。王美丽看出我的疑惑，连忙说“高振邦，高兴，你笑给老师看。”我看到高兴眼角嘴角微微地上扬。我想他是在微笑，你觉得呢？瓦格纳的婚礼进行曲好听极了。

房间另外一面墙上贴着几十张放大的照片。高兴和王美丽出门旅游时的照片，结婚现场的照片，高曦做满月酒宴的照片，“高家肉铺”六家连锁店店面照片。照片拼成五角形，心形。上百个活泼泼的人在高兴面前顾盼生姿。

房间飘窗上，排着三盆红艳艳的太阳花。开得最艳的那盆正是那大难不死的吉祥花。

再见到王美丽是两个多月之后。

七月份一个上午，十点多钟，我忙完手上的稿件去买菜。一个人居家用度少，我一个星期买不了两次菜。去购物中心，还是去菜场？我选择去七真菜场。相比起购物中心的井井有条，礼貌有序，我倒是喜欢菜场上那股生猛劲，人呼人叫的，王婆卖瓜的自夸声，一角钱两角钱的讨价还价声。每个人都活得兴头冲冲的。紫茄子，红辣椒，白萝卜，在地上蹦跳的鱼也赛着比自个儿的新鲜漂亮。

一阵笑声传过来。又脆又响。王美丽？

我循声望去，不远处的“高家肉铺”摊位前，王美丽右手持刀，刀尖在一大块肉上戳戳点点，婆婆，要这一块？这一块。一两斤重？五花肉偏肥一点的？好哩，好，保证七分肥三分瘦。王美丽手起刀落，一细长条五花肉软绵绵地趴在了案板上。她拎起肉，婆婆，你看这肉，保管您蒸土豆，土豆好吃，您烧冬瓜，冬瓜好吃。

王美丽你怎么在铺子里呀？我大为惊诧。按上次我看到她记的护理日记，这个时间点她应该在给高兴做按摩扎针灸。莫非高兴……想到那个结局，我心里一惊。

请了一个护工在家照顾高兴，我每天上午九点半到十一点到店里来帮忙。

你每天替高兴按摩呀翻身啦，做那么多事，不累呀？

嗨，那看是做什么事情。

你大哥二哥真是的，他们再忙也不缺你这个帮手。

不怪他们，我自己要来的。

剁肉剁骨头的，不累？

身体累不算什么，相反的，我在这肉案子前面一站，看到街上热热闹闹的，人来人往，我整个人就像打了鸡血一样，精神立马就来了，回去给高兴翻一百遍身，我都有力气。

王美丽，你在添置武器装备。

不想认怂，就要亮剑。王美丽大笑起来，竹子老师，你还记得我要打仗啊？这仗打下去，肯定要添些武器。是不是？来，给你砍两斤排骨。说着，王美丽拖过一大块骨头，抡起了砍刀。